致青春 041

只想和你好好的

（下）

東奔西顧　著

高寶書版集團

目錄

CONTENTS

第八章　妳暈針，我暈妳

她什麼都不用做，什麼都不用說，
只是坐在那裡看著他，他就只有繳械投降這一個選擇了。

喬裕開完會回到辦公室，就看到桌上多出一盆植物，小巧精緻的白色瓷盆中綠色的枝葉生機蓬勃，他打電話叫尹和暢過來。尹和暢很快出現，喬裕指了指那盆植物：「哪裡來的？」

「薄總一早送過來的，說是作為昨天的賠禮。」

喬裕低頭嗅了嗅，有些鬱悶，為什麼偏偏送薄荷。

尹和暢看他一臉為難，主動開口問：「要送回去嗎？」

喬裕皺眉，「那不就顯得我小氣了。」

「那……」

尹和暢剛開口就有道女聲打斷他，「那就留下吧。」

尹和暢轉頭看過去，點點頭算是打了招呼。

紀思璿笑得詭異，看著喬裕繼續說完剛才的話：「喬木、薄荷，多配啊！」

尹和暢一臉恍然大悟，怪不得剛才喬部長那麼為難，原來有這個含義。喬裕看著眼前的盆栽咬牙切齒，紀思璿卻不再看他，轉身把錄音筆塞到尹和暢手裡，還無意似的開口：「這是不是壞了？錄到我出去之後就是一大段空白，什麼都沒聽到，可能是沒錄進去，拿去修一修吧。」

喬裕聽到這番話，不知道是有些失望還是鬆了口氣，看向紀思璿時忽然碰上她的目光，

「找我？」

紀思璿的手指緩慢而曖昧地衝著喬裕而去，卻在喬裕身上一轉，最後定格在大喵身上，歪頭解釋：「我找牠。」說完轉身往外走，「大喵，走了。」大喵這次很給紀思璿面子，很快從桌上跳下來，跟著她走了。

尹和暢愣在原地，看著喬裕黑著的一張臉，試探著問：「這薄荷……是留還是不留啊？」

喬裕推到他面前，「你收下的，你自己看著辦吧！」

尹和暢欲哭無淚。

當天下午，薄季詩發揮投資方的優勢，請所有人吃飯，吃飯的地點和菜色無一不在無聲地告訴眾人，薄家就是有錢！撒錢的同時又平易近人，還是個美女，於是一頓飯還沒吃完，薄家四小姐就擄獲了整個專案組——三方人馬——大部分人員的心。

座位是謝甯純提前安排好的，喬裕和紀思璿絲毫沒有意外地不在一桌，喬裕和薄季詩的位子又絲毫沒有意外地貼在一起。

喬裕一頓飯吃得心不在焉，勉強應付著，謝甯純格外賣力地製造各種話題撮合喬裕和薄季詩，後來被薄季詩瞪了幾眼才老實下來，眾人這才知道原來喬裕和薄季詩早就認識。喬裕又不能生氣，只能狀似無意地不時往紀思璿的方向看過去，偏偏紀思璿跟沒事的人一樣，眼神都不給他一個。

一整頓飯紀思璿都默不作聲，韋忻和她坐在同一桌，視線不停地在紀思璿和喬裕身上來回飄，偶爾和喬裕的視線在空中相遇，韋忻便格外興奮，體內的八卦分子不斷積聚，後來實在忍不住了，便開始找事做，「璿皇？」

紀思璿正在低頭玩手機，頭都懶得抬，「說。」

「人家在那邊回憶往事呢，妳倒是給點反應啊。」

紀思璿終於抬頭看他，「你知道電視劇的黃金定律嗎？」

韋忻搖頭，「那是什麼？」

紀思璿瞟了一眼隔壁桌，用不大不小的聲音緩緩開口：「電視劇的黃金定律之一，一般來說，如果某個人開始回憶往事，那他離死就不遠了，絕對活不過十分鐘，而且一般會死得很慘。」於是在接下來的十分鐘，包廂裡格外安靜。

吃完飯，一群人不盡興，再加上明天是週末，便吵著要去唱歌。紀思璿一整個晚上興致缺缺，到了包廂裡不知道觸發了哪個開關，一臉興奮地要唱歌。眾人自然集體鼓掌，只是音樂聲響起時，喬裕整個人都坐不住了，一首《你究竟有幾個好妹妹》聽得他坐立難安。不了解情形的起鬨鼓掌，了解情形的便是一副看好戲的模樣。

音樂結束，紀思璿在眾人的掌聲中微笑著去了洗手間。喬裕等了半天紀思璿都沒回來，很快也找了個藉口走出包廂，站在走廊角落等她。

紀思璿走出洗手間，沒走幾步就看到喬裕站在走廊角落的窗邊，和一個男人說話，一貫溫和的臉上掛著淡淡的笑，餘光掃到了她，便很快和那人打了招呼，向她走過來。紀思璿若無其事地看他一眼，繼續往前走。

喬裕拉住她，「還生氣啊？」

紀思璿搖頭，「沒在生氣。」

喬裕本來是打算來哄哄她的，誰知她竟然雲淡風輕地回了個沒生氣，喬裕乾脆拉她到走廊盡頭，站定了才試探地問：「真的？」

紀思璿一臉無所謂，「一個小女生而已，又不是沒見過。段數又低招數又爛，還不足以讓我生氣。」

喬裕不解，「那妳剛才……」

紀思璿連看都不看他，扭頭看著窗外，一副完全不把謝甯純放在眼裡的慵懶，「配合她啊，不然她一個人在那裡跳來跳去，多尷尬。真正的女王有足以和美貌匹敵的容人雅量，浮塵往事是過眼雲煙，雲淡風輕才是王道。」

喬裕聽到便覺得苗頭不對，很快開口解釋：「我跟薄季詩……」

紀思璿打斷他，皮笑肉不笑地看他一眼，「你跟薄季詩很匹配啊，門當戶對，喬家二公子配薄家四小姐，很好很相配。」

喬裕一直處在劣勢被她壓著打，急著開口解釋的話到了嘴邊忽然停住，一改剛才的理虧模樣笑著點頭，「嗯，說得有道理，確實匹配。」

紀思璿忽然僵住，不可置信地轉頭看著他。

喬裕終於找到開口的機會，嘴角噙著笑，不慌不忙地繼續說：「其實喬家和薄家認識很多年了，之前也住在一起，後來薄家舉家南遷，就沒再見過了。前幾年我調任南方時才重新聯繫上。薄季詩在薄家很得寵，所以才會被派來負責這個專案，我之前也不知道會是她來。她二哥以前追過我妹妹，薄家二公子配喬家大小姐，也很匹配吧？」

紀思璿微微揚著下巴看他：「所以呢？」

喬裕好脾氣地笑著說：「所以我都交代清楚了，妳還想聽什麼？」

紀思璿這才發覺著了他的道，咬牙切齒地擠出兩個字：「陰險！」說完轉身就走，直到結束都沒再看喬裕一眼。

後來站在門口等車時，紀思璿站得離喬裕遠遠的。謝甯純拉著薄季詩笑嘻嘻地湊到喬裕面前，「喬部長，我跟表姊坐你的車吧？」

「我還有事，可能不順路，我讓尹助理送妳們。」喬裕說完轉頭看向紀思璿，「我想跟妳商量一下週末傅教授壽宴的事情，妳坐我的車吧。」

紀思璿演技爆棚，一臉傻愣地看著喬裕，「你在說什麼？哪個傅教授？我不知道啊。」

在喧鬧的夜晚街頭，眾人忽然安靜下來，看看喬裕，看看紀思璿，又看看薄季詩和謝甯純，個個都是一副看好戲的模樣。

喬裕在眾人的注目下緩緩開口：「傅鴻邈教授的八十大壽，這週末。」

紀思璿一臉嫌棄，「你是不是喝多了？人家明明是七十大壽好嗎？」說完就恨不得咬掉自己的舌頭。

喬裕看著她似笑非笑，「妳不是不知道嗎？」

紀思璿輕描淡寫地壓下心虛，「忽然……想起來了。」

她還是在眾人的注視下上了喬裕的車，兩個人安安靜靜地坐在後座。喬裕看了看一直扭頭看著窗外的紀思璿：「教授的禮物準備了沒有？」

紀思璿還在鬧彆扭：「沒有。」

喬裕也不意外，好脾氣地笑著，「打算空手去？」

這句話一出，車內的氣氛忽然變了。紀思璿轉過頭來看著他，兩個人對視了半天，忽然各自別過頭，笑起來。這句話是有典故的。

有一次喬裕陪紀思璿去上課，誰知道紀思璿竟然帶錯課本，偏偏還被教授抓到。那位教授是出了名的古板，氣得渾身顫抖，「這位同學，妳空手來上我的課，也太不尊重我了吧？」

紀思璿確實不是故意的，左右看了看，忽然指著喬裕很真誠地對教授說：「教授，我不是空手來的，我帶了我最喜歡的人來聽您的課，還不夠給您面子嗎？」

滿教室的學生哄堂大笑，中槍的喬裕撫著額，恨不得找個地洞鑽進去。偏偏那位教授還認識喬裕，指著紀思璿問：「什麼情況？」

喬裕歎了口氣站起來，「教授不好意思，我女朋友剛轉到建築系來，好多課程都還搞不清楚，她不是故意帶錯課本的。」

教授看了看兩個人，最後還是給喬裕面子，「都坐下吧，下次注意。」

喬裕沒忍住又笑起來，紀思璿皺眉道：「太忙了沒來得及準備。」

傅鴻邈年輕時稱得上才子，到了這個年紀又算得上泰斗級的人物，脾氣有些古怪，生日從來不收亂七八糟的禮物，只收學生的建築模型，每年一次，跟收作業一樣。可以不來，但來了就必須要準備好，要是不過關，他真的會把你轟出去。

他教學多年，教過的學生四散在建築相關行業，其中不乏業中翹楚，資歷老一點的已經做到主管級，但他照轟無誤。於是每年生日宴上，年輕一些的後輩就能看到一位老人把自己的老闆罵得抬不起頭來。

紀思璿還沒畢業時見識過一次，一個個衣冠楚楚的大老們老老實實地站在那裡被罵，哼都不敢哼一聲，還得賠著笑臉。她想想就不想去了，開始打退堂鼓，「說得好像你準備了一樣，要不然就算了，不去了。」

喬裕根本不照劇本走，「我準備了。」

紀思璿把包包甩過去，「你是不是太閒？那你自己去吧！我不去了！」

喬裕摸摸鼻尖，一本正經地分析，「我覺得可以啦，反正在大家心裡，妳就是那種恃才傲物、不拘小節的人，也不在乎再多加一條目無尊長。其實也沒有很多人知道妳回來了，也就傅教授和同班的幾個知道而已，妳放心，我不會說溜嘴的。」

紀思璿咬唇，最關鍵的就是傅鴻邈知道她回來了啊！七十大壽她要是不出現，以後還怎麼再見面！

她快速計算著如果今天晚上不睡，能不能在明天上午勉強做出來應付了事，怪就怪她這幾天被喬裕弄得暈頭轉向，完全不記得這件事了。紀思璿無意間抬頭，就看到喬裕的笑臉，頓了頓，瞇著眼睛看著他，忽然笑起來，討好地看著他，「喬學長？」

「嗯？」

「傅教授一向最喜歡你了，而且你又轉行了，送點別的禮物……他應該不會把你趕出來的吧？」

「嗯，不會把我趕出來，然後呢？」

「然後你那個……模型給我吧？」

喬裕看著她，看得紀思璿越發心虛，閃躲著視線不敢和他對視。

果然，下一秒她就聽到喬裕的聲音，「妳以前……不是這樣的。」

紀思璿從他的聲音裡聽出了失望，低著頭皺眉，「我就是……」

喬裕很快再次開口：「妳以前都是直接說，喂，喬裕，你這個模型不錯，正好我這週要交作業了，我拿走了喔。」

他學得惟妙惟肖，紀思璿羞愧不已，恨不得馬上推開車門跳下車。但很快她又聽到喬裕帶著笑意的聲音，「就知道妳不會做，我做了兩個，分妳一個。」

紀思璿真的惱火了，正好汽車穩穩停住，她抱著包包推開車門又狠狠地甩上，頭也不回地走了。喬裕也沒攔她，看著她走進大樓才讓司機發動車子準備回去，手無意間放上後座卻摸到了一串鑰匙。

拿出手機打電話給她，還沒說話就聽到她夾著電話翻東西的聲音，絲毫不記得剛才還在和他嘔氣，隱隱有些著急，『喬裕，我找不到我的鑰匙。』

念書時她就丟三落四的，經常可憐兮兮地跟他說：

『喬裕，我找不到餐廳儲值卡。』

『喬裕，我的學生證不見了。』

『喬裕，我的借書證好像丟了。』

喬裕低頭看著手裡的鑰匙，忽然笑起來，輕聲回答：「妳忘在車上了。」

紀思璿立刻鬆了口氣，『我還以為弄丟了呢，我馬上下去拿。』

「不用，妳跟我說妳住幾號，我送上去。」

紀思璿也懶得跑一趟，和他說了樓層和房號之後站在門口等。喬裕走出電梯就看到紀思璿在和一個快遞員說話，手裡拿著筆，低頭在快遞單上簽字。快遞員很健談，一邊等她簽收一邊聊天。

「剛回來啊。」

「是啊，怎麼這麼晚了還在送件？」

「這幾天貨物比較多。」

喬裕站在她身後，聽了一下，忽然繞到門邊，邊拿著鑰匙開門邊轉頭對紀思璿說：「廚房的燈壞了，我買了新的，等一下我來換上。」儼然一副男主人的模樣。

紀思璿一頭霧水地看著他，喬裕朝她眨眨眼。紀思璿不知道什麼意思，便配合地「嗯」了一聲。等快遞員走了，紀思璿才問：「你剛才什麼意思？」

喬裕打開門，把鑰匙遞到她的手裡，「沒什麼，不想讓快遞員以為妳是自己一個人住。讓他以為家裡有個男人，這樣比較安全。」

紀思瓈看了他半天才垂下眼睛，低低地「喔」了一聲。

兩個人一個門裡、一個門外地站著，誰都不說話，忽然間氣氛有些尷尬。大喵從門裡探出腦袋，喵喵叫了兩聲。

「快進去吧，我先走了。」

「喔。」

「明天早上我來接妳。」

「喔。」

紀思瓈本想送他到電梯口，但大喵已經搶先一步跟上喬裕，蹲在電梯口目送他。電梯門關上後，紀思瓈雙手抱在胸前，挑釁般地看著大喵，「你跟他走好了？還回來幹什麼？」

大喵都不看她，翹著尾巴，踏著貓步悄無聲息地從她身邊走過，進了家門。

第二天上午十點，喬裕依約來接她。兩個人並肩走進飯店包廂時，一群人轟動了。

「我的天啊，這兩人是什麼時候又湊到在一起的！」

「這到底是什麼情形？不是說分手了嗎？」

「我的女神啊，我今天還打算好好表現呢！」

兩個人才進來，就看到傅鴻邈一臉嫌棄地在訓人。

「喲，沈工是多少年不親自動手了啊？你做的這是紙模型嗎？不仔細看，我還以為是個紙團呢！」

紀思璿探頭看了看傅鴻邈手裡的紙模型，又低頭看了看自己手裡的。嗯，確實是個紙團。

傅鴻邈還在繼續：「下一個！喲，你現在做了主管，在跟我炫耀手底下的人很多是吧？這是你做的？燒成灰我都能認出來，這不是你做的！欺負我年紀大了，記性不好嗎？」

一個個業界菁英被批得體無完膚，過關了的坐在桌前吃水果看熱鬧，還在排隊交作業的一臉忐忑。

馬上輪到紀思璿時，她忽然退縮了。看著玩了一路的紙模型，忽然捨不得送出去，拿在手裡不放。喬裕之前念書念得紮實，紙模型也做得很好，看起來賞心悅目，似乎這些年即便沒接觸也沒有荒廢了這門手藝。

喬裕就排在她身後，看她停在原地，低聲問：「怎麼了？」

紀思璿看了他一眼，「學長你的手藝太好了，我好喜歡，所以不想送人了」這種話她當然說不出口，癟癟嘴，言不由衷地說：「沒什麼。」

「沒關係，妳喜歡的話，我再做給妳。」

紀思璿一臉傲嬌地歪過頭去，「不喜歡！」

她才把手裡的模型遞過去，傅鴻邈就發飆了。

「紀思璿，妳給我站過來！還有你，喬裕！念書的時候，妳就哄著喬裕幫妳畫圖、做模型、寫作業，妳以為我看不出來？我睜一隻眼閉一隻眼罷了，都畢業多少年了，還來這套！」

紀思璿反倒鬆了一口氣：「喔，那還給我吧，我之後再交一個給您。」

傅鴻邈看看她，看看喬裕，忍不住感歎：「你們倆可真是親學長學妹啊！都有交了作業又要回去的毛病！」

紀思璿一臉茫然：「啊？」

話音剛落就有個男人跳出來，聲淚俱下地控訴喬裕。這個男人是他們系裡的千年老二，無論基礎課還是專業課，永遠被喬裕壓在下面，大學五年，一直致力於超越喬裕。

「對！當年我好不容易有門課得了第一名，結果他們一個個都陰陽怪氣地誇我好厲害！我還得意了很久，後來才知道是你主動放棄的！誰說你可以這樣看不起人的！」

說完又幽幽地看了紀思璿一眼：「都是因為妳！」

紀思璿更困惑了，「跟我有什麼關係？」

那個人說完又拉住喬裕：「喬裕，當年我一直沒親口問過你，建築設計作業的模型，你記得吧？他們說是因為紀思璿喜歡，你才自動放棄優等獎的，因為不是優等獎，模型就能自己留下來。這件事是騙人的吧？如果她真的喜歡，你再做一個就好了啊！」

一群人再次陰陽怪氣地打擊他。

「是啊，再做一個就是了，你啊，活該單身！」

「智商低得簡直令人髮指！」

一群人打打鬧鬧，喬裕笑著看他們互相攻擊。紀思璿看著他的側臉，似乎隱隱想起了什麼。後來席間，她向傅鴻邈問起這件事。

「他……真的是自己放棄優等獎的？」

「是啊，當年他打算出國，得了這個優等獎可以加分。再說了，我還準備放在陳列櫃裡讓以後的學生好好學學呢，誰知他非要自己留著。我問了半天才知道，是妳說喜歡，他想留給妳。」

紀思璿皺著眉想了半天，「是不是一個木質的建築模型？」

傅鴻邈印象很深，「對，果然是給妳了吧？」

紀思璿忽然心虛，若有似無地「嗯」了一聲。

傅鴻邈看她神情不自然，試探地問：「不會弄丟了吧？說實話，後來那麼多屆學生，做模型都無法跟喬裕比，丟了真的很可惜。」

紀思璿輕咳一聲，可到底沉不住氣，小聲反駁：「沒丟。」

傅鴻邈這下放心了，「那之後拿來給我吧，我讓學生們看看。」

紀思璿東張西望，就是不敢看他：「我燒了。」

傅鴻邈氣得鬍子都在顫抖，半天憋出一個字：「蠢！」

那個模型，是真的被她燒了。那個時候他們剛分手，好多模型和繪圖紙都被她一把火燒得乾淨，燒到後來實在捨不得了才留下一些。紀思璿忽然有些後悔當時的衝動了。

後來壽宴結束，一群人把喝醉的傅鴻邈送回宿舍，然後三五成群地走在學校裡，不知道是誰提議要去建築系的教學大樓看看。紀思璿沒去，因為那裡滿滿的都是他們共同的回憶，她不敢去。喬裕也沒去，因為那裡承載了他曾經的夢想，親手埋葬的夢想，不敢觸碰。

後來一群人走散了，因為還是暑假期間，學校裡沒有什麼人。喬裕一個人在空曠的校園裡逛了很久，又是一年夏末，在天還微亮的黃昏，走在學校的大路上，滿是熟悉的情景。當年他牽著紀思璿的手，不知道在這條路上來來回回地走了多少次。

沒走幾步，就看到紀思璿站在布告欄那裡看著什麼。布告欄裡貼著各式活動的海報，尋物啟事、尋人啟事、各類小廣告，賣二手書、生活用品的，還有各類獎學金結果公告，寢室整潔檢查結果，亂七八糟，一片狼藉。

紀思璿一張張仔細看過去，喬裕不知何時走到她身後：「在看什麼？」

紀思璿指著寢室整潔檢查結果上的某個寢室號碼，歪頭對他說：「當年我住這個寢室，我們拿到優耶。」

喬裕極配合地上前看了一眼，然後找到男生寢室那裡，指著一個寢室號碼，「我住這個寢室。」

紀思璿順著他的手指看過去，那個寢室號碼後面的括弧裡寫了個「差」字，她立即哈哈大笑起來。喬裕掃了一眼所有男生寢室的檢查結果，真的是有夠慘烈，基本上都被評為差。他微微皺眉，「現在的學生也太不愛乾淨了吧？」

紀思璿一臉揶揄，「說不定當年你們寢室也是髒、亂、差呢！」

喬裕不服氣：「怎麼可能，蕭子淵有潔癖，恨不得一天打掃三遍；溫少卿本來就是學醫的，肉眼看不到的細菌他都嫌棄，更何況看得到的；林辰是處女座，看到床單上的條紋不夠直，他都受不了。」

紀思璿聽著聽著，忽然收起笑容，輕聲問：「你呢？」

喬裕沒察覺她情緒的低落，繼續開口：「我是過敏體質，灰塵多了會打噴嚏、發燒、渾身發癢。」

紀思璿聽了一愣，轉頭看他，「你是過敏體質？」她和他在一起那麼久卻不知道這件事。

喬裕也是一臉莫名，「我沒跟妳說過？是遺傳，我跟我妹都是，不過說起來，我好像很多年都沒發作了……」

喬裕還沒說完就被紀思璿惡狠狠地打斷，「呸呸呸！不要亂說話！」說完還瞪了他一眼。喬裕有些好笑，他從來不信這個，卻也不再亂說。

紀思璿又指著檢查結果最下方的備註圖開口：「我睡這個床位，你呢？」

喬裕垂眸看了看，「嗯……男生寢室和女生寢室的格局好像不太一樣，我是睡在靠門邊的位置，因為那個時候經常通宵做作業，回來太晚，怕影響到他們休息，就睡在靠近門口的床位。」

他說到這裡忽然想起什麼，「妳想不想去看看？」

那個時候，紀思璿一直心心念念地要去男生寢室見識一下，只不過學校不准，她一直沒有機會。她使勁點點頭，「想！」

喬裕想了想，「去試試看吧，說不定可以進去呢。」

剛好這棟宿舍的學生剛畢業，宿舍裡進進出出的都是粉刷牆壁的工人。紀思璿站在門口往裡面看了看，喬裕在值班室不知道和宿舍阿姨說了什麼，很快拎著一串鑰匙走了過來，「走吧。」

喬裕拿著鑰匙開門，轉了幾下之後忽然頓住。紀思璿有些奇怪，「怎麼了？」

喬裕微微轉頭笑了一下：「沒什麼。」然後推開了寢室門。

在推開門的一瞬間，他似乎看到了當年的影子。蕭子淵半臥在床上看書，溫少卿坐在桌前又不知道捏著人體的哪塊骨頭在研究，林辰站在寢室中央，拿著卷宗，念著稀奇古怪的案例，耳邊亂哄哄的。蕭子淵在毒舌、溫少卿在調侃、林辰氣急敗壞地跳腳，還有隔壁寢室打遊戲的聲音。原來那些稀鬆平常的日子早已深深地刻在他的腦海裡，沒什麼稀罕的事情，卻難以忘懷。

床位的欄杆上貼著新生的名字，他走到自己的床位前，似乎隱隱看到了自己的照片和名字。

紀思璿跟著走過來，「是這個嗎？」

喬裕轉頭看著她，如果能夠回到他入校的那一天，讓他重新再來一遍，他和她還會是今天這樣的處境嗎？

紀思璿被他盯得有點不自在，「怎麼了？」

喬裕搖搖頭：「沒什麼，就是這個床位。」

紀思璿在寢室裡來來回回轉了幾圈：「這就是男生寢室啊，也沒什麼特別的嘛！」

喬裕笑說：「這個時候當然沒什麼特別的，等人住進來就特別了。桌子、椅子、床上堆成山的雜物啊，積了好久不洗的臭襪子啊，洗完澡不穿衣服，在走廊上裸奔的男同學啊，還有開著寢室門，集體看片的啊，偷偷用電鍋煮宵夜的啊，天氣太熱，集體抱著枕頭和涼席去頂樓打地鋪的啊，多著呢。」

紀思璿的眼睛忽然一亮，「是不是所有的男生都看片？你們寢室看不看？」

「呃……」喬裕結結實實地給自己挖了個大坑。

紀思璿猜到了答案：「看？」

「……」喬裕一臉不自然地轉移視線。

紀思璿瞇著眼睛調侃他：「你們一個個平時那麼道貌岸然，原來也都是好色之徒嘛！」

喬裕迅速地看她一眼，反駁道：「那不一樣。」

「有什麼不一樣。沒關係，你不用不好意思。我也看過，三寶有好多片源，我都看過。」

喬裕撫額。

紀思璿看著喬裕一臉窘迫，越發開心，「說一說嘛，你比較喜歡哪個女優？我們交流一下……」

喬裕覺得這裡是個是非之地，不宜久留，便催著紀思璿下樓。

「我想吃學生餐廳的×××。」

「學生餐廳只能刷學生證。」

「那邊幾個女生看你看半天了，你犧牲一下色相去借，肯定手到擒來。」

「那邊幾個男生也看妳半天了，妳也犧牲一下色相？」

「你以為我借不來？」

最後這頓飯是用紀思璿靠著「犧牲色相」借來的學生證，因此喬裕落得一個「吃軟飯」的下場。

事實證明有些話果然是不能亂說的，紀思璿扶著呼吸困難、不斷咳嗽的喬裕進入急診室時，由衷地感歎。值班醫生很快得到診斷結果：「過敏，病人之前接觸過什麼嗎？海鮮、花粉，或者刺激性的氣味？」

「嗯……」紀思璿仔細回想著，「午餐吃了海鮮，不過他對海鮮不會過敏。下午去了剛刷過油漆的房間，這個算不算？」

「那應該就是了。」

「嚴重嗎？」

「不嚴重，但是需要打點滴，妳去繳費領藥吧，然後回這裡找護理師。」

紀思璿走了幾步，忽然想起什麼似的又退回來，「那他對貓會不會過敏啊？」

「因人而異。」

紀思璿拎著一包藥袋，不時探出身子往門口看，嘴裡還嘀咕著：「護理師怎麼還不來？」

喬裕難受得睜不開眼，昏昏欲睡。

紀思璿突然看著他：「要不然……我幫你打點滴吧？再怎麼說，我也是在醫學院混過一年的人。」

喬裕忽然有了精神，瞇著眼睛看她半天，才大義凜然地伸出手去，「好。」

紀思璿哈哈大笑，不自覺地伸出手捏那張視死如歸的正經臉，「你怎麼那麼可愛啊？你忘了？我暈針啊！」

捏完就笑不出來了。

喬裕伸出手握住她的手，輕輕抵在額頭上，閉著眼睛用拇指輕輕摩挲著她的手心。紀思璿只覺得手指觸碰到的地方一片火熱和潮濕，看他臉上帶著不自然的潮紅，「發燒了？」

喬裕輕聲呢喃了一聲：「妳暈針，我暈妳。」

紀思璿看著半垂著頭的喬裕，癟癟嘴，在心裡默默吐槽了一句「肉麻」，但還是沒有把手抽回來。

後來值班的護理師終於來了，可喬裕卻沒鬆開她的手。

從護理師幫喬裕的手背消毒開始，紀思璿就開始緊張，一直盯著護理師的動作，被喬裕捏著的那隻手不自覺地握緊，力氣大到喬裕都感覺到疼了。

喬裕轉頭有些無奈地笑著，有氣無力地開口：「害怕就不要看啊，到底是妳打點滴還是我打點滴啊？」

紀思璿的注意力都在那根針上，明明怕得要命還非要看，眼睜睜地看著那細細的針尖慢慢滑入血管，她才猛地閉上眼睛，深吸了口氣，慢慢呼出來。護理師貼完最後一張膠布、解開壓脈帶時，抬頭看了看反應完全相反的兩個人，打點滴的那個反而在安慰旁觀的那個，真有意思。

紀思璿也只是暈了一會兒便沒事了。時間有些晚了，點滴室裡沒什麼人。他生病了也是安安靜靜的，不說話，只是垂著眼睛，輕輕捏著她的手，不知道在看什麼，不知道在想什麼。

不知道為什麼，紀思璿的心忽然軟得一塌糊塗。她看了一會兒他上下搧動著、長而捲的睫毛，開口問：「難受嗎？」

他似乎也沒在出神，很快看向她勉強笑了一下，「還好。」

紀思璿抿了抿唇，「都告訴你不要亂說話了！」

喬裕知道她是指自己下午說的那句話，有些好笑：「哪那麼準？不過就是個巧合罷了，如果真的有用的話……」

他後面幾個字本就說得輕，說到一半又忽然頓住，「我想喝水。」

紀思璿也沒在意他之前說什麼，伸手去包包裡摸錢包，「我去買吧，你在這裡等我。」

等她走出點滴室，喬裕才看著門口輕聲開口：「如果真的那麼準的話，我早就說上幾千萬次『我好像很久沒見紀思璿』了。」

紀思璿回來時，喬裕已經睡著了，只是他似乎睡得不安穩，額頭上密密麻麻的都是汗。

她輕手輕腳地坐下，一低頭便看到喬裕的手。他的手長得很好看，十指修長、骨節分明，當年讀書時拿筆畫圖就很養眼，後來輕握著滑鼠的樣子也好看，就算是現在，插著針管輕輕搭在椅子把手上，依舊好看得不像話。

她不知道看了多久，一抬眼就看到他已經醒了，正靜靜地看著她。四目相對的瞬間，紀思璿聽到了自己的心跳聲，就像當初隔著玻璃第一次見到他。明明已經認識了很久，明明已經分開了很久，明明自己並沒有真的原諒這個男人，可她還是不可抑制地心跳如雷。

喬裕發現自從她回來後，他好像還沒有好好地看過她。她的眉眼，她的臉龐，似乎歲月拿她沒有一點辦法，依舊明豔如初，還有那股明明不好意思，卻依舊和他對視的倔強。他也是，拿她一點辦法都沒有，她什麼都不用做，什麼都不用說，只是坐在那裡看著他，他就只有繳械投降這一個選擇了。他闔了闔眼，腦袋依舊昏昏沉沉的。

「思璿？」

「嗯？」

「妳再不去叫護理師拔針，我就要回血了。」

紀思璿立刻回神，抬頭看了眼就快要空了的點滴瓶，立刻跑了出去。喬裕渾身無力，卻忍不住笑起來。

喬裕吊完點滴，卻好像沒有什麼效果，紀思璿邊開車邊看他一眼，「回去有沒有人照顧你啊？要不要叫尹和暢來照顧你，或者我送你回你爸媽家？」

喬裕抬頭揉著太陽穴，「不用，回去睡一覺就好了。」

紀思璿把喬裕送回去，扶他進了門，又煮開水，倒了一杯放在喬裕面前，「那我先走了哦？」

喬裕坐在沙發上點頭，「好，我就不送妳了，妳把車開走吧。」

紀思璿點點頭，走到玄關還是不放心，又折回來，「你睡吧，等你睡著了我再走。」

喬裕撐著沙發站起來，「那我先去洗澡，妳隨便看看吧，電視遙控器在那裡，那邊是書房，不想看電視的話那裡有書。」

紀思璿催著他去洗澡，喬裕很快走進臥室。她一個人在偌大的客廳裡轉了幾圈，以經典的黑白色澤為基調，將多彩多姿收斂於簡練之中，大氣中又透著一點溫馨，果然是喬裕的風格。

很快地，主臥的浴室裡傳來嘩啦啦的流水聲，紀思璿就站在主臥門口聽著，一直聽到水聲結束。

紀思璿坐在床斜對面的沙發上，像執行任務般眼睛眨也不眨地盯著喬裕，「你睡吧。」

喬裕想說什麼，張了張嘴又閉上，很快地眼睛也閉上了，但也就閉上了十秒鐘他就忍不住睜開，「妳看著我，我睡不著。」

紀思璿似乎也意識到自己這樣盯著他很奇怪，只好趕快站起來，「喔，那……我去別的房間看看，你快睡吧，等一下我回來看你睡著了，我就走了。」

她從廚房晃到書房，從書房晃到客房，才那麼大的地方，她晃來晃去又回了書房。書房的書櫃占了整整一面牆，上面擺滿了書，紀思璿一排排地掃過，然後把旁邊的梯子搬過來，光著腳爬上去，在最上面一層看到幾本眼熟的書。

她隨手抽出一本，是當年念書時用的專業課本，隨手翻開，扉頁上工工整整地寫著「喬裕」兩個字。她又往後翻了幾頁，除了喬裕做的筆記之外，還有她故意塗鴉的一些亂七八糟的小漫畫。她正看著就聽到喬裕的聲音：「思璿，妳走了嗎？」

「沒有！」紀思璿應了一聲，從梯子上下來，手拿著書，光腳跑過來，「你怎麼還沒睡著？」

「可能晚上睡太久了，現在不太睏。」喬裕說完看了一眼她的腳，「天涼了，別光著腳站在地上。」

紀思璿低頭看看，然後又左右找了找，抬頭問：「我的鞋呢？」

喬裕覺得紀思璿有時有點笨笨的可愛，笑著說：「坐床上吧！」

紀思璿遲疑了一下，「我沒洗澡沒換衣服，剛才還在醫院裡待了半天。」

喬裕靠在床頭看了她半晌，忽然把枕頭扔到地上，一副理所當然的模樣，「那妳坐地上吧。」

紀思璿下一秒就坐在床角，一臉凶悍刁蠻：「憑什麼要我坐地上！我就要坐床上！」

喬裕抿著唇笑，紀思璿說完才知道又中計了，繼續惡狠狠地凶他，「你快點睡！我急著要回家！」

喬裕打了個呵欠，「這是我說了就算的嗎？不然妳念書給我聽吧，說不定我聽著聽著就睏了，念這本吧！」

「這本？」紀思璿低頭看了眼封面，「《建築史》？」

喬裕躺到枕頭上，閉上眼睛，「嗯，開始念吧！」

紀思璿癟癟嘴，捧著課本開始一個字一個字地念：「建築之特徵，建築之始……」

紀思璿覺得喬裕就是個變態，別人睡不著都是聽音樂聽故事，他睡不著竟然要聽《建築史》。喬裕很快開口打斷：「別從第一頁開始念。」

紀思璿不服氣，「這不是第一頁，第一頁是序，我念的是緒論！」

喬裕閉著眼睛要求，「往後翻，隨便找一頁。」

紀思璿一臉不情願，動作極大地翻著書，差點把書撕成兩半，找到中間一頁沒頭沒尾地開始念：「故宮四周繞以高厚城垣，曰紫禁城。城東西約七百六十公尺，南北約九百九十公尺……」

喬裕忽然開口：「九百六十公尺。」

紀思璿仔細看了看：「南北約九百六十公尺……」

喬裕微微睜開眼睛看了她一眼，小聲嘀咕：「怪不得當初填志願會填錯。」

紀思璿把書扔到一邊，深吸了口氣，「不念了！你自己看吧！」

喬裕舉手投降，「好好好，妳說多少公尺就是多少公尺，念吧。」

紀思璿賭氣般地又改回來，「南北約九百九十公尺，其南面更伸出長約六百公尺，寬約一百三十公尺之前庭……」

紀思璿念了兩頁便呵欠連天，這才意識到喬裕的選擇有多麼正確，這麼無聊的書果然是治療失眠的利器。她翻到下一頁時恰好是故宮的全景圖，圖旁邊的空白處，黑白線條簡單地描繪了兩個小朋友，一個男孩，一個女孩。

女孩旁邊畫了一個對話方塊：『喬裕，等下雪的時候我們去故宮看雪吧？』

男孩回：『好的。』

那是紀思璿畫的，明顯是她一個人在自問自答。她笑了笑，又看到右下角有幾個極小的字。

『××××年×月×日，今天這裡下了好大的雪，我去故宮看了雪，可妳卻不在。』

筆跡明顯不是上面作畫的人，而且看線條的新舊程度，也像是後來補上去的幾個字。她至今都沒有看過大雪覆蓋的故宮，也早已忘了這件事。紀思璿安靜了很久，再抬起頭時喬裕已經睡著了。

單手壓在腦袋上側躺著，呼吸平緩均勻。手背上一片青紫，隱隱還可看見吊點滴的針孔。紀思璿伸出手想要摸一摸那張臉，最後只是幫他往上拉了拉薄被，把書放在床角，轉身走了。

第九章　離心最近的地方

「ＱＹ」最簡單的黑色，最平常的英文字體，
最隱祕的位置，卻牽扯著他的心，
撕心裂肺般的疼痛。

在這個夏天就要過去的時候，度假村專案終於啟動了。紀思璿沒有出席開工典禮，而是去跟喬燁簽了合約。紀思璿看著左下角的簽名，遲疑地問：「沁忍？這是……」

喬燁撒起謊來臉都不紅，「喔，這是我女朋友的名字，紀小姐不介意吧？」

紀思璿當然不介意，「不介意，你已經提前把所有費用都匯給我了，寫誰都無所謂。」

紀思璿簽了合約回來，就看到李佳抱著一個花盆，一臉慌張地衝向她。

「璿皇璿皇！妳們家壓脈帶把喬部長的薄荷又抓又咬的，現在只剩下一盆土了，要怎麼辦？要不要買盆新的放回去？」

紀思璿低頭看了一眼，原本枝繁葉茂的一盆薄荷草此時只剩下半片葉子，看起來慘不忍睹，「嗯，最近天氣太熱，吃點薄荷有好處。對了，貓能吃薄荷嗎？」

紀思璿拿出手機上網查，「我還是查一查，不能吃的話我趕緊帶牠去看醫生……」

邊說邊走遠了，留下抱著花盆的李佳一頭黑線，「璿皇！這個要怎麼處理啊？」

紀思璿頭都沒回：「拿去給喬部長看一眼吧，死要見屍嘛！」

據說喬裕從開工典禮上回來看到那盆薄荷時，只是「喔」了一聲表示知道了，便沒了後續。

璿皇和「薄荷」的戰役還在持續。

隔天開會時，謝甯純忽然指著幻燈片右上角的ＬＯＧＯ問：「紀工啊，ＤＦＰ是什麼意思啊？」

紀思璿看她一眼，「沒什麼意思，公司名稱縮寫，就跟妳的名字是ＮＣ一樣。」

「噗……」幾秒鐘之後，整個會議室的人再次開啟震動模式。名字縮寫和「腦殘」相同的謝甯純，在眾人的震動模式下黑了臉。

喬裕因為有別的事情沒有參加會議，謝甯純告狀無門，只能坐在那裡生悶氣。徐秉君覺得和投資方關係搞得太僵也不是辦法，便來試探一下紀思璿的態度，看一看有沒有和解的可能。

「妳不喜歡謝祕書？」

紀思璿正看著電腦畫圖，頭都沒抬，可有可無地「嗯」了一聲。

徐秉君覺得紀思璿不是那種囂張跋扈的人，「原因呢？」

紀思璿當然不會說她是恨屋及烏，只避重就輕地回答：「不喜歡她的姓。」

徐秉君一頭霧水，「她的姓怎麼了？謝，有什麼奇怪的嗎？」

紀思璿抬頭微笑，「你拆開讀一讀啊。」

徐秉君不知不覺就跳入陷阱，「謝，拆開……言射？」

紀思璿挑眉，「是啊，顏射啊！」

辦公室沒關門，外面的人已經笑瘋，韋忻隔著幾面玻璃對紀思璿豎起大拇指。徐秉君受不了：「妳能不能正經點？」

紀思璿一臉無辜：「我很正經啊，我這麼正派的一個人，怎麼能容忍這種有色情成分的人混進專案小組裡。雖然她隱藏得很好，但我有火眼金睛啊。」

徐秉君暴走了。

這邊行不通，徐秉君又派了韋忻去敵方說和，卻忘了韋忻也不是個可靠的人。

韋忻坐在謝甯純對面的沙發上喝著茶，笑得人畜無害，頗有說和的意思，只不過……

「謝祕書啊，其實璿皇這個人很特別。表面看上去她不愛搭理妳，甚至還處處針對妳，其實呢，妳不要多想，她就是討厭妳，沒別的意思，就是這樣。」

謝甯純的臉由紅轉綠，最後把韋忻趕了出來。韋忻站在緊閉的門前一頭霧水：「我說錯什麼了嗎？」

大喵作為助攻小隊長，也時不時地製造著「驚喜」。

那天，紀思璿正在喬裕辦公室裡跟他商量公事，喬裕低頭看文件，再抬頭時，電腦螢幕上方露出一顆貓頭，大喵站在電腦螢幕後面看著他。

喬裕伸手摸了摸牠，「你來了，好久沒看到你了。」

大喵忽然從桌上跳下來，跑了幾步跳到喬裕身上，縮到他的手臂下，又把腦袋鑽到他的手底下。紀思璿目瞪口呆地看著這一切，「大喵，你幹什麼？」

很快就有人回答她，匆匆追過來的李佳上氣不接下氣，「璿皇璿皇！妳們家壓脈帶趁著辦公室沒人，把薄總養的金魚撈出來放在陽臺上，曬成魚乾了！」

紀思璿看著闖了禍還知道尋求庇護的貓精，輕描淡寫地回答：「是嗎，沒醃一下嗎？一定是沈太后平時做菜太鹹了，牠想換點清淡的。」

「……」李佳再次無語。

李佳走了之後，紀思璿看著喬裕，喬裕也抬頭不明所以地和她對視。紀思璿朝他挑了挑眉，就是不說話。

喬裕無語：「妳想讓我說什麼？難道妳是要我懷疑妳，指揮一隻修煉成精的貓去搞破壞嗎？」

紀思璿皺了皺眉，「看來，和薄總的樑子是結下嘍。」

果然薄季詩沒有出現，倒是迎來了怒氣沖沖的謝甯純。

「紀思璿！妳是什麼意思？」

紀思璿看著甩在她面前的魚乾，一臉淡然，「喔，我的貓幹的，我賠。」

謝甯純看到她不痛不癢、不當一回事的態度就生氣，「這是賠了就算的事嗎？妳就是故意的！我表姊大度不跟妳計較，妳就這樣欺負她！」

紀思璿終於抬頭看她一眼，「妳怎麼知道我是故意的？」

謝甯純氣極了：「就算不是故意的，妳上班帶著貓到底是怎麼一回事啊？」

紀思璿睨著她，別有深意地開口：「薄總上班可以帶豬，我就不能帶貓嗎？」

謝甯純沒聽出她話裡的意思，「我表姊什麼時候上班帶豬了？」

紀思璿揚了揚下巴示意她，謝甯純下一秒就反應過來，氣得跳腳，「妳才是豬呢！」

「閉嘴！」薄季詩的聲音忽然從門外傳過來，她很快走進來，笑著對紀思璿道歉，「不好意思，她年紀小不懂事，我回去好好罵她。」

謝甯純很不服氣地叫著：「表姊！」

薄季詩皺著眉看她，「妳當這裡是什麼地方？薄家還是謝家？一點規矩都沒有！再這樣就不要再跟著我了！」謝甯純白了紀思璿一眼，鬱悶地低下頭去。

紀思璿瞄了眼從門外路過的喬裕，他似乎看了好一會兒了。她也索性不再說話，抱著雙臂看這對表姊妹演戲。這場戲沒什麼新意，無非是端莊大方又得體的大家閨秀制止了一場惡鬥，薄季詩笑著說著好話，紀思璿微笑著照單全收。等她再往門外看的時候，喬裕已經走了。

等薄季詩和謝甯純走了之後，韋忻在隔壁敲了敲玻璃，幸災樂禍地調侃道：「璿皇，看看人家這戲編排的，活脫脫是一個知書達理的大家閨秀，有胸襟有氣度。妳呢？就是個不顧大局的任性丫頭，理虧了還胡攪蠻纏，嘖嘖嘖，遇到高手嘍！」

紀思璿瞟他一眼，「多事！」

韋忻越說越興奮，「說真的，這個薄四小姐段位真的很高，這才多久，妳看看整個專案小組，哪個人不誇她？什麼端莊啊，大度啊，懂事啊，溫婉啊，我聽得耳朵都長繭了。」

紀思璿靠在隔板上瞇著眼睛審視他，「韋爵爺不是一向最喜歡美女的嗎？怎麼就這麼不喜歡薄總？」

「她也不是偽裝得不像，不過有時候就是一個眼神很奇怪，騙騙徐秉君那種老眼昏花的老年人就算了，她是逃不過我這雙眼睛的！一旦知道她在偽裝，再去看她時，就會覺得這個人假得可怕。妳沒看到連喬部長都看不下去，中途退票走人了嗎？」

紀思璿下意識地往門外看了一眼，口是心非地回了一句：「是嗎？沒注意。」

韋忻忍不住讚歎：「我可是看到薄季詩是故意引喬裕過來的，不過喬部長對妳真的是有情有義，當時那種情況，任誰看了都會偏到薄季詩那邊去。但他硬是當作什麼都沒看見，轉身就走了。」

紀思璿看了他一眼，拎起桌上的魚乾問韋忻：「喂，你知不知道這是什麼品種？」

韋忻看著面目全非的魚乾，「妳還是去問賣魚的吧。」

下班前喬裕來敲門，「一起走嗎？請妳吃飯，謝謝妳那天沒有拋棄我，還照顧我大半個晚上。」

紀思璿不冷不熱地看了他一眼，極其簡潔地給出回覆：「沒空，不餓，你先走吧。」

喬裕乾脆走進來坐到她對面，「又在生氣啊？」

紀思璿正看著電腦，時不時點一下滑鼠，心不在焉地回答：「沒有。」

喬裕乾脆單刀直入：「因為下午我沒進來幫妳說話？」

紀思璿覺得可笑，「我需要嗎？」

喬裕表示同意，「我也覺得妳不需要，所以就沒進來，免得影響妳發揮。」

紀思璿忽然笑著看他，「難道不是因為喬部長這個中立者誰都不想得罪，乾脆視而不見嗎？」

喬裕看著她，眼底晦暗不明，半晌才開口：「我在妳心裡就是這種人嗎？」

紀思璿垂著眼睛不去看他，涼涼地開口：「喔，太多年不見了，不知道喬部長現在到底是哪種人，不過這麼年輕就位居高位，大概也不是什麼善類吧？」

周遭忽然安靜下來，紀思璿低著頭，聽到耳邊有些壓抑的呼氣聲，然後便是他離開的腳步聲。他一向隱忍，這次大概是真的氣到他了吧。

紀思璿垂著眼睛，強忍著不去看他，餘光卻掃到門邊輕手輕腳地跟在大喵身後，邁著貓步走過的韋忻，拔高聲音吼：「滾進來！」

大喵和韋忻渾身一僵，大喵轉身看了看紀思璿又看了看韋忻，喵了一聲之後事不關己地繼續往前走。韋忻就沒那麼淡定了，雙手投降轉過頭來，「我不是故意偷聽的……我正在轉角逗你們家壓脈帶，誰知道就聽到了不該聽的……」

紀思璿瞇著眼睛，一臉危險地看著他，韋忻艱難地吞吞口水，試探地問：「璿皇，我們以前是同學，現在是同事，算起來也認識不少年了，算是比較熟了吧？」

紀思璿面無表情地瞟了他一眼之後，低頭對著電腦畫圖。韋忻看她沒有反駁才繼續開口：「有沒有人跟妳說過，妳畫圖時非常專注，能讓人感覺到妳對建築的那份追求，純粹、美好，但卻很孤獨？」

紀思璿頭都沒抬，心不在焉地敷衍他：「是啊，獨孤求敗啊，優秀的人總是寂寞的。」

韋忻總覺得紀思璿在逃避什麼，「我怎麼覺得妳跟喬裕之間的關係很奇怪？瞬息萬變，前一秒還能坐在一起聊天，下一秒妳就翻臉冷嘲熱諷的。還有剛才，妳出口傷人不是因為薄季詩這件事吧？總覺得妳是因為有別的事卻又不好直接說，便藉這件事把氣發出來。喬裕得罪妳了嗎？」

紀思璿沉默不語。她確實不是因為這件事，韋忻都看得清的事情她不會看不清。喬裕當時不進來其實是在偏袒她，她不是不明白。她是在因為當年的事情生喬裕的氣，她本以為自己不氣了，但每次想到當年的事或者看到和過去有關的東西，回到故鄉、見到故人，她心裡便覺得悶，想要報復他。

聽到別人提起喬裕，聽到別人誇他，看到他的車，看到度假村，看到課本裡的那幅畫和那句話，看到謝甯純不遺餘力地撮合著他和薄季詩。這一切就像是炸彈的導火線一樣，平常是還好，可一旦觸碰到，她就敏感地跳開。

韋忻還在喋喋不休，「還是說，妳在考驗他？不對啊，妳們以前在一起過，說明他過關了，不需要再考驗了。還有，妳們倆當初為什麼分手？妳這麼忽冷忽熱時晴時雨的，誰受得了？妳對別人也不是這樣啊？」

韋忻的聲音在紀思璿越來越陰暗可怕的眼神裡漸漸變小，「呃，我收回剛才的話，喬裕受得了。」

紀思璿啪一聲闔上電腦，「韋忻，你到底想幹什麼？」

韋忻一臉恨鐵不成鋼，「我是怕妳錯過幸福，於心不忍啊！」

紀思璿不耐煩地揭穿他：「說實話！」

韋忻一臉為難，半晌之後，神色略為複雜地交代實情：「嗯……他們設了個賭局，賭妳和薄季詩誰能上位，我在妳身上押了大籌碼，所以……」

紀思璿指著門口，咬牙切齒地開口：「滾出去！」

韋忻自知得罪了她，邊陪笑臉邊小步地往門外挪。

「那個……」

就在韋忻馬上就要挪出去時，紀思璿遲疑了一下，開口叫住他：「誰的賠率高？」

韋忻的臉上立刻掛起了安慰的同情笑容，「他們從家世、背景、性格、脾氣、年齡、生肖、血型、星座等各個方面進行了分析，結果是妳太過高貴冷豔，只可遠觀而不可褻玩焉，而薄季詩的溫婉大方親民，和喬裕的清高溫潤比較匹配。」

當年在學校裡也是這樣，紀思璿早已習慣了自己不被看好，「那你還押我？」

說起這個，韋忻便興奮起來：「我這個人比較喜歡賭爆冷門啊。」

紀思璿思量半晌，又皺起眉，「你的意思是說，喬裕跟我在一起是爆冷門？」

韋忻快要哭了，「我還是走吧……」

後來誰也沒走成，他們被事務所和喬裕手底下的一群人拉著去吃飯，後來又去附近一家很有名的酒吧喝酒。紀思璿本就心情不好，玩真心話大冒險時連續栽了好幾輪，後來話題越來越私密，竟然問起了歷屆男朋友。紀思璿抿了口酒，掃了喬裕一眼後問大家：「你們想聽哪一任？」

喬裕忽然覺得自己有些喘不過氣來，他不知道在他們分開的那幾年裡，她有沒有……

他很快站起來，「我去外面抽根菸。」

眾人的心思都在八卦上，竟然沒在意喬裕早已經戒菸了。

「哪一任都行啊！」

「對對對，我們不挑的。」

「到底有幾任啊？」

「其實就只有一任，」妖女已然喝多，酒氣薰染著她的眉眼，臉頰帶著好看的嫣紅，嘴角噙著一抹曖昧的笑，閉上眼睛開始回憶，「前男友啊，他很有才華……才華洋溢……又低調謙遜……」

「喔！」平常一群自重的人終於被啟動身體裡的八卦基因，不知是喝多了還是因為可以聽到璿皇的八卦而太興奮，一雙雙眼睛冒著紅光。

「是業內人士？」

妖女還在笑，懶懶地趴在桌上，單手撐著腦袋，「以前是，他的設計很溫暖，笑起來也很溫暖，你看著他的笑心裡便暖呼呼的……」她因為喝了酒，聲音裡多了幾分散漫慵懶，聽上去有些縹緲虛幻。

「妳這麼自負的人，可從來沒聽妳誇過誰有才華，到底是多有才華啊？」

有人不服氣，「我們也很溫暖啊！」

「你們？」紀思璿挑著一雙魅惑的眼睛一個個掃去，「你們一個個表面上裝得陽光燦爛，心底最是冰冷陰暗。看上去溫潤如玉，實則腹黑毒舌，看上去清淡孤高，實則悶騷無限。他才是真的王子，他連拒絕別人的時候都是溫和的，你們和他無法比……」

「還有呢還有呢？」

「還有啊……」紀思璿忽然張開左手的手掌舉到自己面前，盯著某處不知道在看什麼，最後慢慢收攏五指，抵在額頭上，「還有我把他留在離心臟最近的地方。」

眾人不懂了，只當她在說醉話，「既然這麼好，妳幹嘛甩了人家？」

妖女忽然斂起笑容，嘟著嘴一臉委屈：「不是我甩了他，是他不要我的。」

「誰信啊？要不要這麼愛演！我們可是看過妳踐踏了多少男人的心，妳不記得妳叫什麼了嗎？少男心收割機啊！」

妖女忽然又笑了起來，眼睛直直地盯著某個角落出神，眼神越來越渙散，「真的是他不要我了，他不要我了……他畢業那年，不只不要我，連他的夢想都不要了……」

眾人笑完，抬頭就看到喬裕手裡捏著手機站在門口，一臉錯愕，不知道站了多久。

「喬部長，你錯過了璿皇的真心話啊！」

眾人也喝醉了，起鬨嘲笑妖女，「是啊是啊，竟然有個男人不要璿皇啊！」

妖女動作有些遲鈍地轉身，瞇著眼睛努力看了半天，也只能辨別出一個輪廓，剛想站起來，頭一暈腿一軟，就往前栽了過去。一雙手有力地扶住她，頭頂有道聲音緩慢卻堅定地響起，「他沒有不要她。」

說完打橫抱起妖女，對眾人點了一下頭，「她喝多了，我先送她回去，帳我已經結了。」

眾人一臉驚愕地看著喬裕的所有動作，直到門關上才慢慢反應過來，「喬部長剛才說了什麼？」

早已在沙發角落裡睡著的韋忻此刻迷迷糊糊地坐起來，口齒不清地回答：「你們那麼多人都沒聽見嗎？喬裕說，他沒有不要她……」

眾人「喔」了一聲後，猛然停住面面相覷，怎麼意思好像變了呢？這個「他」明明是那個男人，怎麼經某人一重複，「他」就變成喬裕了呢！

喬裕沒有不要紀思璿？

喬裕出來時，車已經停在酒吧門口，他抱著紀思璿上車。才開車沒多久，尹和暢便看著後視鏡提醒喬裕：「喬部長，後面有輛車一直跟著我們，好像是之前的那個記者。」

喬裕坐在後座抱著紀思璿，正在彎腰幫她脫鞋，輕聲問：「哪個記者？」

「就是上次拍到您和薄小姐吃飯，後來您讓我去壓下來的那家雜誌社。」

喬裕皺著眉，低頭看了看半睡半醒的紀思璿，很快開口：「去我家。」

車子迅速掉頭，開了一段路之後喬裕從後視鏡裡看到記者的車在警衛處被攔了下來，這才鬆了一口氣。車子在距離喬家五百公尺的地方停下來，喬裕脫下風衣，遮住紀思璿的大半張臉才下車。走到自家門前，拉住正在擦車的司機小聲問：「李叔，我爸在嗎？」

司機老李點點頭，「在，剛回來。」

喬裕往家裡看了一眼，「那你把車借我用一下，別跟我爸說。」

老李也是看著喬裕長大的，這個從小到大跟調皮搗蛋都毫無關係的男人竟然提出這種要求，他一時愣住。喬裕一向不擅長撒謊，垂著眼簾開始編理由，「我的車壞了……」

老李看他連編個理由都如此為難也是不容易，便把鑰匙遞給他，「天亮之前要回來，喬市長明天一早要出去。」

喬裕點點頭，開著車到陰影處，把紀思璿換到喬柏遠的車上，從另一條路送紀思璿回家。紀思璿本來歪在副駕駛座上睡覺，不知夢到了什麼，忽然揮舞著手臂抓過來。喬裕眼明手快地躲開，一手開車，一手握住她的手，不敢動也不敢用力，只是握著。

她喝了酒，體溫有點高，手心裡漸漸出了汗，等紅綠燈時，喬裕從儲物櫃裡拿出衛生紙幫她擦手心。擦著擦著，忽然愣住。

她剛才說：『我把他留在離心臟最近的地方。』

所有人都以為她說的是醉話，包括他。但她的左手無名指內側，指根的地方紋著兩個小小的字母。

「ＱＹ」。

最簡單的黑色，最平常的英文字體，最隱祕的位置，卻牽扯著他的心，撕心裂肺般的疼痛。

她一向是刀子嘴豆腐心，下午尖酸刻薄地說不知道他到底是什麼樣的人，不過是藉題發揮。他知道她在氣他，他也是早早就做好準備讓她出氣，但最後還是沒忍住。

他牽著紀思璿的手放在嘴邊輕輕地吻了一下，轉頭看著睡著的人，輕聲開口：「對不起。」

紅綠燈很快由紅轉綠，喬裕緩緩開動車子，卻再也捨不得放開她的手。

喬裕抱著紀思璿走到門口，放下她扶住，輕聲叫醒她，「鑰匙呢？」

紀思璿被叫醒，睡眼惺忪地睜開眼睛，一臉迷茫地看著他，條件反射地伸進包包裡找鑰匙，摸了半天拎出一串鑰匙遞給他，然後左右看了看，最後倒在他身上，臉埋在他的脖子裡繼續睡。喬裕一手扶著她一手去開門，打開門之後，把她放到沙發上時她忽然醒了。

接下來的一整晚，喬裕實在很不好過，因為喝了酒的紀思璿鬧起來實在太可怕了。

她看著喬裕眨了眨眼睛：「我要喝水！」

飲水機裡早就空了，喬裕只能去廚房燒水，但她等不及，站在沙發上手舞足蹈地叫著：「我要喝水！喝水！喝水！」

喬裕從廚房出來就看到她一腳踩空，眼看就要從沙發上摔下來，他快步走過去一把抱住她，卻被她壓倒在沙發上，緊接著便感覺到唇間的柔軟香甜。

紀思璿居高臨下地睜著眼睛看他，卻並沒有動作，看了半天忽然伸出舌頭舔了一下，感覺到冰涼濕潤，便變本加厲地去撬他的唇舌，嘴裡還不清不楚地嘟囔著：「我要喝水……」

她的身體緊緊地貼著他，讓喬裕氣息亂得一塌糊塗，抵著她的額頭，努力克制著自己，啞著嗓子：「乖，別鬧了，快起來……」

嘴上說得理智，手卻緊緊扣住她的腰，把她壓在自己身上，真是要多矛盾就有多矛盾。

「妳再不起來，發生了什麼事我可不管啊。」

「會發生什麼事？」紀思璿終於從他身上爬起來，坐在沙發靠背上，一臉單純，身姿妖嬈，媚眼如絲，這單純無辜的樣子更是誘人。

喬裕覺得她已經迷糊了，坐起來試探地問：「妳知不知道我是誰？」

「你？」妖女歪著腦袋想了半天，「你是喬裕！」

說完又跳起來站在沙發上，一臉興奮地問：「你回來啦？」

喬裕索性站起來，扶著她的腰防止她摔下來，「我去哪裡了？」

紀思璿努力想了想，「你不是去國外留學了嗎？」

喬裕無語，「那是妳！」

紀思璿一愣，繼而傻傻地一拍額頭笑起來，「喔，對，是我。」

喬裕心裡一動，「妳這些年在國外過得好嗎？」

「不好。你看，有一次我做模型的時候手還受傷了，流了好多血，很痛很痛。」說完舉起手給喬裕看。

喬裕低頭一看，手心上果然有道傷痕。

他摸了一下，妖女立刻大叫：「痛！」

喬裕馬上收回了手，不敢再碰。明明早就不痛了，但妖女似乎知道自己叫得大聲點，眼前這個人就會心疼自己。她撒著嬌又把手遞出去，「你吹吹，吹吹就不痛了。」

喬裕低頭輕輕吹了一下，紀思璿立刻咯咯地笑起來，「癢！」

她站在沙發上，比喬裕高很多，搖搖晃晃地伸手去捏喬裕的臉，「你為什麼不和我一起去呢？」

喬裕耐心地任她為所欲為，「我……妳都不記得了？」

紀思璿的手貼在喬裕的臉上，歪著頭想了半天，費力地睜著眼睛，「不記得了，我想不起來了，喬裕，我睏了。」

她坐在沙發上，腳踩在裝滿熱水的水盆裡，像個小孩子一樣嘩啦啦地踩著水，嘴裡還哼著不知道是什麼旋律的歌，似乎很高興。

喬裕拿著熱毛巾幫她擦了擦手和臉，看看她，遲疑地問：「妳要不要……把睡衣換上？」

紀思璿低頭看看自己，下一秒便開始解鈕釦。喬裕一臉驚恐地攔住她，紀思璿則莫名其妙地看著他。喬裕幫她把上衣整理好，「我是叫妳去臥室換。」

紀思璿點點頭，乖巧地扯過擦腳布擦乾腳上的水，抱著睡衣去了臥室。

喬裕在外面等了半天，裡面都沒動靜，他敲敲門，「妳好了嗎？」

還是沒動靜。

他心一橫，直接推門進去，那個說好去換睡衣的人卻抱著睡衣，倒在床上睡著了。喬裕歎了口氣，伸手想把睡衣從她懷裡扯出來，可才一動，她就醒了，迷迷糊糊地看著他。喬裕扯過睡衣，掀起被子看著她自發地鑽進去，這才起身。

他去廚房倒了一杯水回來，放在她的床頭，剛想關檯燈就看到紀思璿睜著眼盯著他看。現在她倒是有精神了，只是看他的眼神有些奇怪，像是不認識他似的。她整張臉都躲在被子裡，只露出一雙波光瀲灩的眼睛。喬裕和她對視了半天，忽然俯下身想去吻她的眼睛，誰知紀思璿反應極快地拉高被子，躲在被子裡叫：「你不能親我，這世上除了他誰都不能親我。」

喬裕微微笑著問：「他是誰？」

妖女鑽出被子，一臉狡黠，「我不告訴你。」

喬裕忽然明白了什麼，「是喬裕嗎？」

「嗯！」紀思璿邊點頭邊乾脆地回答，笑咪咪的模樣在昏暗的燈光裡尤其耀眼。

喬裕忽然喘不過氣來，胸口那顆心一下一下地撞擊著，他整個胸膛鈍鈍地痛，好一陣子後才艱難緩慢地吐出幾個字：「他……」

紀思璿忽然沒了動靜，呼吸變得綿長均勻。喬裕撫著她的臉，面無表情地輕聲接下去：「他是個渾蛋。」

一句罵人的話從他口中吐出來，依舊是優雅異常。

喬裕看到鬧了一整個晚上的人終於安靜下來，心裡卻無法平靜下來，最後還是俯下身吻了吻她的額頭，貼著她的臉頰喃喃低語：「思璿，妳要乖……」

她睡著了倒真的是難得的乖巧，乖巧得讓他心疼。

喬裕守了她一整個晚上，第二天一早只來得及到辦公室換了衣服就趕往會議室，饒是如此卻是遲到了。會議恰好是喬柏遠主持，臉都黑了地看著喬裕走進來。喬裕硬著頭皮找到位子坐下後，就看到坐在他對面的蕭子淵似笑非笑地盯著他看。

喬裕皺了皺眉，然後蕭子淵就真的笑了起來。當著眾人的面，喬柏遠也不好說什麼，會議結束之後便去了喬裕的辦公室。

喬柏遠坐在沙發上，但喬裕不敢坐，幫喬柏遠倒了杯茶之後站在一旁準備挨罵。

喬柏遠環視了一圈之後，無意間問起：「聽說你昨晚回家了？」

喬裕心裡一驚，車他當時讓尹和暢還回去了，難道還是被發現了？

既然被發現了，他也就不再忐忑，老老實實地承認：「是。」

喬柏遠還是了解喬裕的，他一向有擔當，做過的事情不會不認，「還借了我的車？」

喬裕繼續點頭，「是。」

「做什麼去了？」

「我的車被記者盯上了，我送個朋友回家。」

「什麼朋友？」

喬裕一頓，「女朋友。」

「上次說的那個建築師？」

「是她。」喬裕看向喬柏遠，不太明白他的心思。

喬柏遠喝了一口水，「薄震前幾天打電話給我，託我照顧一下他女兒，還探了探我的口風。」

喬裕大概猜到了什麼事，正想著該怎麼開口比較好，就看到喬柏遠站了起來，「行吧，你自己的事情自己做主。」

喬裕被喬柏遠反常的舉動弄得一頭霧水，「就這樣？」

喬柏遠站起來準備離開，忽然生硬地抬起手來，在喬裕的頭上拍了拍，「我還有事先走了，記住了，以後開會不要遲到。」

喬裕一臉驚悚，父親拍拍兒子腦袋的這個動作，他小時候都沒有遇到過，今天的喬柏遠實在太嚇人了。喬裕從震驚中回神之後的第一個反應就是打電話給喬燁。

「哥，是不是你幫我說話了？」

喬燁似乎沒有在醫院，有點吵，聲音裡帶著笑傳過來，『怎麼了？』

喬燁聽完之後直想笑，喬柏遠這次真的是用力過猛，嚇到喬裕了。

第十章　二維碼裡的祕密

紀思璿，畢了業，我就娶妳。

睡到九點多才起床的紀思璿又恢復了女王的架勢，神清氣爽地出現在辦公室，一路上，所有人看她的眼神都有點不對勁。

她抓住路過的韋忻和徐秉君問：「我今天有什麼不對嗎？」

韋忻微笑著搖頭，「和以往的每一天一樣漂亮，一樣有氣場、一樣盛氣淩人、一樣高貴冷豔，沒有任何不對，女王大人。」

徐秉君覺得提醒她一下比較好，「妳真的什麼都不記得了？昨天晚上？」

紀思璿喝到斷片了，她努力回憶著：「昨天晚上，我喝多了……然後……不記得了……」

徐秉君想了想，艱難地做出決定，「不記得也好。」

紀思璿看著兩個人一臉古怪，癟癟嘴，剛走了兩步就和喬裕在走廊上狹路相逢。喬裕邊走邊低頭揉著太陽穴，並沒有注意到她。紀思璿站定，看著他一步步走近。

喬裕走近後抬頭才看到她，放下手來問：「妳來啦？」

紀思璿別的記不住，卻還記得自己在和他生氣，冷眼看著他眼底一片青色，倦意掩都掩不住，忍不住毒舌，「喲，喬部長昨天的夜生活是不是太豐富了？是不是有點入、不、敷、出啊？」

走廊上原本路過的人紛紛在心裡鄙視她，璿皇真是過分，喬部長肯定是照顧喝醉酒的她一整晚，現在她神清氣爽了卻來嘲笑恩人，真是恩將仇報！過分！太過分！非常過分！一會兒回去要把這個月的零用錢全押到薄季詩那邊！

喬裕神色複雜地看了她幾眼，似乎根本不敢相信，張了張嘴，最後卻是什麼都沒說，轉身走了。紀思璿看著他的背影更恐慌了，怎麼今天都那麼奇怪呢？她又轉頭問韋忻：「對了，昨晚誰送我回去的？」

韋忻一臉壞笑，「就是剛才妳說的那個入不敷出的人，大概妳自己就是妳口中那個把他榨乾的人吧，哈哈哈……」

紀思璿卻笑不出來了。

最近關於喬裕和紀思璿、薄季詩的緋聞鬧得沸沸揚揚，開會的時候眾人均會自發地把喬裕兩邊的位子空出來，然後一臉看好戲的模樣等著主角們登場。

喬裕來得最早，臉色不太好看，雖然也是溫溫和和地笑著打招呼，可總覺得他神色間帶著鬱悶。然後便是薄季詩，進了會議室之後看了看餘下的兩個空位，神色不變地挑了一個坐下。紀思璿到的時候只剩下一個座位，沒得挑，只能坐下。會議很快開始，喬裕正在說前期進度和接下來的工作安排。紀思璿手一滑，手邊的筆便滾到了桌子底下。

她彎腰低頭去桌下撿筆，喬裕明明沒有看她，連語速都沒有變，卻忽然伸出一隻手擋在桌子的棱角處。在她撿完筆抬起頭之前又自然地收了回來。整個過程連看都沒看一眼，似乎只是本能的反應。

紀思璿沒看到，但所有人都看到了，於是紀思璿一坐回來，就看到眾人一臉驚訝地盯著她。薄季詩垂著眼睛，面無表情。

眾人看看喬裕，看看紀思璿，又看看薄季詩，心裡的獨白如雨後春筍般冒出來。

「天啊，我是不是該把所有錢押到璿皇那邊啊！」

「嗳，喬部長真的不是外貌協會吧？」

「我的媽，喬部長好溫柔啊！」

紀思璿被盯得有些不自在，看了一圈之後看向韋忻，挑挑眉問他怎麼了。韋忻點了點手機。

一秒鐘後，紀思璿的手機震動，收到一張圖片：一隻手虛擋在她的腦袋旁，旁邊便是桌子的棱角。

那隻手……她一臉驚訝地看向喬裕。喬裕正說到關鍵處，察覺到她的目光，停下來問：「我哪裡說錯了嗎？」

紀思璿搖頭，「沒、沒有。」

韋忻傳了一串驚嘆號過來。紀思璿明明已經不生氣了，卻還是擺著架子，不冷不熱地回覆：

『可能他對誰都這樣吧。』

『璿皇，妳別得了便宜還賣乖好嗎？妳就沒發現喬部長坐著時，身子都是歪向妳這邊的嗎？』

『是嗎？沒注意。』

『果然是妖女！小心遭天譴！』

『人妖相戀才會遭天譴。』

『……』

因為進度落後，接下來的幾天，事務所的所有人都在熬夜畫圖提企劃。喬裕因為手裡另一個棘手的專案也在加班開會，會議結束之後一群人經過辦公區，就看到一屋子的男男女女臉上都敷著一張面膜，忙得要死不活，在黑夜裡看起來格外恐怖。

一群人湊過去看熱鬧，「你們在幹什麼？」

因為敷著面膜說話格外僵硬，「璿皇說，熬夜畫圖一定要敷面膜。」

有人往裡面的辦公室看了看，「那璿皇怎麼不貼？」

「璿皇說，做人要厚道一些，天生麗質的要給那些先天不足的留條路走。」

「你們又不是靠臉吃飯，那麼在意外表幹什麼？」

「璿皇說，不能因為自己有才華就不把自己整理得好看一些。」

「你們這是在向瓉皇學習？」

「瓉皇說，我們一定要好好學習，努力發揮自己的才華，這樣才會有前途，不能像她一樣，仗著自己顏值爆表就整天混吃等死。」

「你們為什麼那麼挺紀思瓉啊？就因為她長得好看？」

「你不知道嗎？瓉皇帶的組忠誠度是最高的，進組後基本上都沒有想要換組的。她只是表面上高貴冷豔罷了，其實人很好，又有才華，一點都不小氣，可以學到很多東西。當然，長得好看也是其中一個原因。」

「還有瓉皇說，拚顏值和拚才華我們都不行了，只剩下拚命了。她如果再不教點東西給我們，她怕我們拚命都趕不上她，她就真的孤芳自賞了。我覺得她好霸氣，好有氣場啊！」

「她還敢把大客戶的面子踩在腳底下，揚著下巴問對方，我手底下的人說不行，你來找我我又跟你說可以，那他以後還要不要混啊？我也跟你混好嗎？」

有個女孩子靠過來，指著自己的眼睛，「瓉皇還教會我畫眼線，她說只要畫線稿時不會歪，眼線就畫得好，真的有用耶！」

「……」

喬裕一愣，看了看工作室裡正對著電腦的某人，恰好某人聽到笑聲也看過來，兩人的視線在空中相遇，又若無其事地分開。

其實這個也是喬裕教她的。那個時候紀思璿在學化妝，眼線怎麼都畫不好。喬裕看了半天，拿眼線筆在她眼睛上試了一下。當時紀思璿對著鏡子驗收成果時心裡立刻驚嘆了一聲，喬裕鼓勵她，等她畫線手不抖時，畫眼線就不是問題了。

果真如他所言，等她畫線稿手不抖的時候，小小的眼線簡直信手拈來。其實喬裕一直都沒告訴她，那時他只是為了哄她好好畫線稿才那麼說的，沒想到真的那麼好用。

紀思璿在裡面敲了敲玻璃，「喂喂喂，不要以為誇我兩句就可以不用工作了！快點做事！今晚做不完，誰都不許回家！」

眾人哀號一聲看向徐秉君。徐秉君一向是個加班狂人，扶了扶眼鏡安慰他們：「其實你們只是還沒做完而已，那邊還有一個根本就還沒開始，拖延症晚期無藥可救患者，是吧，韋爵爺？」

韋忻端著咖啡杯靠在桌邊，手裡還拿塊抹布慢條斯理地擦著桌子，「所謂工欲善其事，必先壞脾氣。等我擦完桌子，喝完咖啡，吃了宵夜就開工。」

眾人吐槽：不會說就不要說！什麼壞脾氣啊！還有擦桌子和趕工到底有什麼關係啊！

有人哀號一聲歪在桌子上裝死：「人家在吃飯，我們在畫圖；人家在睡覺，我們在做草模；人家在打遊戲，我們在做模型；人家在約會，我們在手繪；人家在談戀愛，我們在談方案。搞建築的都找不到女朋友啊！」

「你知道嗎？找不找得到女朋友和搞不搞建築無關，主要是看臉。你看韋爵爺，什麼時候缺過女朋友？」

韋忻立刻跳起來，「喂喂喂，不要又攻擊我好嗎？」

喬裕笑著看了半天，後來被人叫出去，韋忻看著大喵亦步亦趨地跟著喬裕，又靠在紀思璿辦公室門前問：「璿皇，為什麼壓脈帶這麼喜歡喬部長？」

眾人附和道：「對對對，我也發現了。」

紀思璿也看了一眼，「我怎麼知道？」

韋忻說得隱晦，「妳不是說，寵物隨主嗎？是不是因為妳……所以……」

紀思璿上上下下地打量著他，「韋忻，你是不是閒得沒事幹啊？」

韋忻一臉哀怨：「我都快成標靶了！每次都是被攻擊對象，妳就不安慰我一下嗎？」

紀思璿頭都沒抬，推了推手邊的衛生紙盒：「我沒空，忙死了。如果你實在難過得受不了，可以自慰一下，喏，整盒都給你，全拿走吧。」

「噗……」眾人噴笑。

韋忻低頭看了一眼，立刻大叫：「什麼！妳竟然在兼差！」

紀思璿抬頭看他一眼，「閉嘴！」

韋忻一臉委屈，「為什麼別人加班都有紅袖添香，到我這裡，屁都沒有！」

紀思璿被煩得受不了：「如果你真的想要，我可以找人放一個給你。」

韋忻被打擊得體無完膚，終於安靜下來，老老實實地去趕工了。幾分鐘之後，喬裕回來了，站在一旁跟徐秉君說話。

紀思璿拎著水杯準備去茶水間倒水時，被同事林曉叫住：「璿皇，我這邊有點問題，妳幫我看一下。」

紀思璿坐下對著電腦操作，「這裡是這樣，然後這樣，然後……咦……」

她試了幾次都顯示命令無效之後，下意識地開口：「喬裕，Sketchup 邊線顯示的快捷鍵是什麼來著？」

喬裕正在和徐秉君說話，聽見後轉頭看著她，也很自然地回答：「Alt+ D。」

紀思璿似乎並沒意識到有什麼不妥，「對對對，我總是不記得。Alt+ D，這樣可以隨時看模型效果。」

周圍忽然安靜下來，她這才發覺不對勁，歪頭看了一眼，發現所有人都停下來看著她跟喬裕，一臉震驚。習慣真的是個很可怕的東西。紀思璿這才反應過來她剛才說了什麼，企圖解釋：「喔，我們是同系的啊，之前教 Sketchup 的是同一個老師，那個老師教了很多小技巧。哈哈，喬學長記性真好，都還記得。那個……你們繼續忙吧，我去喝水。」

說完，看似鎮定地拿了杯子，在眾人的注視下從容地走出辦公室。

喬裕垂著眼，她以前就總是記不得這個快捷鍵，每次都是圖畫著畫著就忽然問他。不知道他不在的時候，有沒有別人會回答她。

紀思璿出了辦公室便直奔轉角，站在一片黑暗中對牆壁發脾氣。

「喬裕你回答個屁啊！你不回答不就什麼事都沒有了！你根本就是故意的！還有妳，紀思璿！不就是個快捷鍵！妳怎麼老是記不住！林曉，我記住你了，你沒事問我幹什麼！那麼多人你不會問別人！」

她搥牆正搥得開心，就聽到大喵喵叫了兩聲，一抬頭就看到牠蹲坐在幾步之外看著她，瞇著眼睛，眼底的鄙視不言而喻。紀思璿揮手趕牠，一臉煩躁，「回去睡覺！」

說完忽然意識到什麼。大喵出現的地方，喬裕肯定在附近。她走了幾步走出轉角，就看到喬裕靠在牆邊，低著頭笑。

紀思璿惱羞成怒，板著臉瞪喬裕，「笑什麼笑，我在生氣呢，嚴肅點！」

喬裕右手握拳放在嘴邊，輕咳一聲，看著她，「反省完了？」

紀思璿挺直腰杆，目不斜視，「我需要反省什麼？」

喬裕忽然收斂起笑意，一臉鄭重地開口：「那天是我不好，我跟妳道歉。紀思璿，對不起。」

紀思璿沒想到他會這麼鄭重地跟她道歉，本來就是她藉題發揮。她垂著眼睛，忽然不知道該怎麼接話。喬裕很體貼地轉移了話題，「不過為什麼那麼久了，妳還是記不住那幾個快捷鍵呢？」

紀思璿盯著地面輕描淡寫地回答：「我比較懶，不想記。」

我怕我記住後，就再也沒有問題問你了，你就會真的慢慢從我的世界裡消失了。我記不住，就會一直問你，不管你回不回答，你都在。

喬裕看了她半天，她單薄的身影在黑暗中更顯得瘦弱無助，卻依舊挺得筆直，似乎只要她嘴上不承認，她就永遠不會被打倒，倔強得讓人心疼。

他忽然上前輕輕擁她入懷，聲音在空曠的走廊裡聽起來格外低沉：「我不知道過去的那麼多年裡，妳深夜加班開口問邊線顯示的快捷鍵，卻沒有人回答妳時，妳是什麼樣的心情。」

紀思璿僵硬地靠在他懷裡。是什麼心情？剛開始會淚流滿面，次數多了便麻木了，但還是會下意識地問出來，然後再自嘲地笑一笑，因為她知道根本不會有人回答。

那個時候同事多是外國人，只知道她會忽然冒出一句中文，卻不知道是什麼意思。既然同事們聽不懂，她也根本不需要找藉口掩飾什麼，隨便一句話就可以搪塞過去。

她心酸得難以自抑，卻依舊在逞強，「沒事啊，我已經習慣了。我問，沒人回答，因為你不在。事情本來不就該是這個樣子的嗎？我為什麼要問？因為我自己沒有記住啊，都是我自己的錯。當年也是我招惹了你，所以我活該，全都是我自己的錯，跟你沒有半點關係。」

喬裕知道她在怪他，她每一個字都在怪他。他不怕，他只怕她真的就這麼放下了。她的每一個字都深深地砸在他的心上，他的手不自覺地收緊，卻一個字都說不出來。

他的懷抱溫暖，氣息清洌，熟悉如初，離得那麼近，似乎只要她稍微伸出手就能夠觸碰到他，就能夠回到曾經幸福的日子。

她餘光掃到在不遠處的人影，那個人不知站在那裡看了多久。她和那個人對視了很久，才面無表情地推推喬裕，神色早已恢復如常，「有人。」

喬裕放開她轉頭看過去，卻順勢牽上了她的手。薄季詩拎著幾個袋子站在幾步之外，看到交疊在一起的兩隻手笑了笑，「知道你們加班，我來送宵夜，你們繼續，我會留兩份給你們倆。」說完很快進了辦公室。

兩個人忽然有些尷尬，也沒辦法再繼續了。

喬裕看看她，「餓了嗎？」

紀思璿垂著眼睛點頭，「嗯。」

喬裕牽著她準備回去，「那去吃飯吧。」

紀思璿忽然揚起頭，一臉傲嬌地板著臉，頗有寧死不屈的意味，「我不吃她買的東西。」

喬裕歎了口氣，哭笑不得又拿她沒有辦法，無奈地看著她：「妳啊……」

喬裕抬手看了眼時間，這個時間基本上也沒什麼外送可點了，想了想便牽著她往外走。

紀思璿邊叫大喵邊跟上來問：「去哪裡啊？」

十幾分鐘後，紀思璿在滿屋的香氣中看著站在廚房裡，被升起的熱氣環繞著的那個男人，只覺得不真實。

很快喬裕便端著蒸籠出來，遞給她一雙筷子：「嘗嘗看。」

一個個蝦餃躺在蒸籠裡，個個色澤潔白、晶瑩剔透，聞起來鮮美可口。紀思璿夾起一個嘗了一口，下一個則是直接整個塞進嘴裡，好吃得瞇起了眼睛。

她吃了兩個之後才發覺喬裕坐在旁邊一直看著她，嘴角噙著一抹笑。

「你怎麼不吃？」

「我不餓，妳吃吧。」

「這是你做的啊？」

「不是，記不記得之前我跟妳說過要帶妳去吃的那家私房菜？這是從那裡帶回來的。那天……本來是想叫妳來家裡吃飯的，妳沒來。在冰箱裡冰久了，是不是沒那麼好吃了？」

「好吃！」

「下次帶妳去吃，剛蒸好的會更好吃。」

那家私房菜館，念大學時喬裕就想帶她去了，可是怕她知道他的身分，便想等畢業了再帶她去，誰知終究沒有這個機會。

喬裕在洗碗，她在一旁乾站著監視他，不時用手戳喬裕手上的洗碗精泡泡。她忽然想起剛回國時，她站在廚房外，看到蕭子淵和隨憶也是這樣在廚房裡。

怦然心動只是剎那芳華，或許柴米油鹽才是一輩子的不可磨滅。

喬裕看到她出神，以為她無聊，便轉頭告訴她：「那邊鍋裡有甜湯，自己去盛。」

紀思璿去拿碗：「喔，你吃嗎？」

喬裕繼續低頭洗碗，「我不吃。」

過了一會兒，喬裕忽然輕聲開口：「紀思璿。」

她正吃得開心，含糊不清地應了聲：「幹嘛？」

「妳到底什麼時候才會原諒我？」

他依舊背對著她洗碗，流水的聲音不斷，手裡的動作不斷，似乎只是隨口提起。她卻忽然快樂不起來了。

「喔。」紀思璿放下碗，情緒忽然低落起來，「他們應該吃得差不多了，我該回去繼續加班了，先走了。」

喬裕馬上把手沖乾淨，跟著走出廚房，「我送妳。」

大喵大剌剌地躺在地毯上睡得又香又甜，喬裕徵求紀思璿的意見：「讓牠在這裡睡吧？」

紀思璿點點頭，「好。」

◇

走出電梯，遇到了幾批人，大多是喬裕的同事，和他打招呼之後便一臉八卦地盯著紀思璿。紀思璿毫不羞澀地回視，反倒弄得人家有些不好意思。

喬裕牽過她的手，笑著開口：「我女朋友。」

「喔喔，哈哈，女朋友啊，好漂亮！」

「謝謝，那我們先走了。」

兩個人走了幾步就聽到身後的討論聲。

「喬部長什麼時候交女朋友了？沒聽說啊。」

「不知道。」

「那女孩是誰啊？感覺有點眼熟。」

「……」

走遠之後，紀思璿才甩開他的手，「喬裕，你下次再占我便宜，我就打你了！」

喬裕皺眉，「妳以前占我便宜，我也沒說什麼啊。」

「……」紀思璿看他一眼，轉身往前走。

所謂出來混，遲早要還的。

兩人一路無語，送到辦公大樓樓下，紀思璿站定，「好了，你回去吧。」

喬裕抬頭看了看大樓裡亮起的燈，「我也沒什麼事，陪妳上去吧。」

紀思璿搖頭，「看情況肯定要加班到天亮了，你明天還要忙，不要熬夜。況且大喵還在你家，牠自己在那裡，我也不放心。」

喬裕不再提剛才的話題，點頭：「好，那妳進去吧。」

喬裕看著紀思璿進了電梯才轉身往回走，走了幾步又站定，忽然開口：「四小姐最近是有偷窺別人的癖好嗎？」

薄季詩很快從陰影裡走出來，不好意思地笑了笑，「又被發現了。」

喬裕轉身看著她，「找我有事？」

薄季詩跟紀思璿不一樣，紀思璿是個大氣灑脫的人，而薄季詩做什麼都是千折百轉。她今晚來送宵夜時，喬裕就知道她有話要說。

「我爸今天打電話來把我罵了一頓，聽他的口氣，好像是喬市長拒絕了他『聯姻』的建議。以前他就想讓薄仲陽娶你妹妹，來個薄喬聯姻，可惜沒成功，後來便使勁撮合我們，打算來個喬薄聯姻，可惜啊……又是鏡花水月。」

喬裕輕笑了一聲，「其實這樣也好，早點說開，對大家都好。」

薄季詩笑得溫婉又調皮：「是對你好吧？免得紀思璿誤會。」

喬裕的笑容漸漸加深，似乎還夾雜了別的情緒在裡面，「我們倆本來就沒什麼可讓她誤會的，更何況，妳也該找個人照顧妳了。」

薄季詩似真似假地皺起眉，一臉苦惱，「可是這樣一來，我就沒辦法再跟喬家搭上關係了，沒有了喬家的影響力，我以後的路只怕是更難走了。」

喬裕倒不怕她圖的是喬家的勢力，就怕她圖別的，聽了心裡倒也鬆了口氣，「以後如果需要我幫忙，可以直說。」

薄季詩也沒客氣，極快地開口：「那你幫幫忙，娶我吧！」

喬裕一愣，「不要開這種玩笑。要和自己喜歡的人才能結婚，單純為了利益而拴住兩個人，對誰都不好。」

「單純為了利益……」薄季詩若有所思地重複了一句，很快展顏一笑，「好了，不逗你了，我還有事，先走了。」

◇

紀思璿上樓的時候，劉浩然正坐在徐秉君手下的一個女孩旁邊，一臉的殷勤。

紀思璿走過去敲敲桌子，「監工啊？」

女孩看到紀思璿，臉紅了一下，瞪了劉浩然一眼，「你快走吧！」

劉浩然也有些不好意思。

紀思璿笑了笑，「沒事，他有這個心陪妳也不錯啊，好好虐虐這滿屋的單身狗！」眾人又是一陣哀號。

紀思璿轉身時，餘光掃到劉浩然的筆記型電腦，她指著右上角的視窗問：「這是什麼？」

「喔，這是我們部門裡用的通訊軟體。對了對了，璿皇，妳和喬部長是校友，那妳知不知道喬部長的頭像是什麼意思啊？」

紀思璿彎腰看了一下，「什麼頭像？」

「就是這個啊，」劉浩然點出寫著喬裕名字的頭像，「一個缺了角的二維碼。」

紀思璿搖頭，「喔，不知道。大概是因為賈伯斯有顆缺了一口的蘋果，喬部長就想有個缺了一塊的二維碼吧？」

「哈哈哈哈……」

「不過喬部長用很久了，我們當時都覺得，這個二維碼肯定有著意義非凡的資訊，只可惜少了一個角，掃不出什麼東西。」

「可能吧。」紀思璿沒有放在心裡面，但等這個話題快結束的時候，她才忽然想起了什麼，「你傳給我看一下。」

「好啊。」

紀思璿回到電腦前，點開那個二維碼，瞇著眼睛看了很久，忽然站起來衝了出去。

在紀思璿的記憶裡，喬裕和二維碼確實同時出現過。

那個時候他們約好一起去國外留學，他已經收到了心儀學校的Offer，而她也準備申請那所學校的交換生名額。喬裕馬上就要畢業，整天在製圖室裡做畢業設計的收尾工作，而她也在整夜整夜地準備申請資料。

那天上午他們在製圖室裡，紀思璿不知道自己什麼時候睡著了。醒來時就看到喬裕以一種奇怪僵硬的姿勢，站在畫圖板前修圖。

她動了一下，下一秒便被刺目的陽光逼回原地，原來他是在替她擋光。她一動，喬裕便發現她醒了，轉頭看過來。

紀思璿瞇著眼睛看著他握著筆的手，輕聲感慨：「喬裕，你的手怎麼能那麼好看呢？」

喬裕聽了也不回答，只是笑著看她。她瞇著眼睛趴在桌子上，慵懶嫵媚得像隻貓。

紀思璿看他不說話，這才坐起來，一臉正經地問：「是不是忽然覺得本姑娘閉月羞花、溫良賢淑，你想要娶回家啊？」

逆著光的喬裕溫暖朦朧，紀思璿看不到他的表情，只能看到他上揚的嘴角。

紀思璿愣愣地看著他，好一會兒後抿著唇朝他一笑，那笑容清澈純淨，純淨得透著幾絲妖氣，那一刻，喬裕似乎聞到了宿命的味道。

很快，紀思璿便聽到他帶著笑意的聲音：「紀思璿，我手繪個東西給妳吧。」

正正經經地叫著她的全名，然後低頭在繪圖紙的右下角開始畫。但才畫了一會兒，手機就響起來，他出去接了個電話回來後，就匆匆忙忙回家去了。等他再回來時，就告訴她不能一起去留學了。

紀思璿在回家的路上很忐忑，因為她不確定那張繪圖紙當年有沒有被自己一怒之下燒掉了。她把雜物箱的東西裡裡外外翻了很久，都沒有，最後頹喪地坐在地上，垂著頭一臉遺憾和沮喪。她安慰自己，或許當年喬裕手繪的那個東西並不是二維碼，即便是，找到了也不一定對得上。

紀思璿，妳還在抱什麼希望？妳已經不再是當年那個無所畏懼的小女生了，怎麼能因為一個虛無縹緲的可能，大半夜地跑回來，找一張或許早就已經不在的繪圖紙，愚蠢又荒誕。

她站起來，打算收拾一下回辦公室時，雜物箱的箱蓋被撞到地上，箱蓋裡夾著一張折得工工整整的繪圖紙，那張早已泛黃的繪圖紙。

繪圖紙右下角那塊黑白相間的格子早已模糊不清，其實她當時並不知道喬裕是在畫二維碼。帶著繪圖紙回到辦公室，比照著喬裕的頭像，畫畫擦擦了一晚上，天快亮了的時候，終於繪成一個完整的二維碼。

她捏著手機卻不敢掃，她不知道到底能不能掃出什麼，也不知道到底會掃出什麼。她盯著那張紙看了許久，終於打開手機，相機對準二維碼，那條橫線從上到下緩緩滑過，「滴」一聲清亮的響聲後，打開了資訊。

天漸漸亮起來，紀思璿坐在辦公室裡一動也不動，看著第一縷陽光從窗外照進來。

韋忻伸了個懶腰，一轉身看到紀思璿半天都不動，走過來敲敲門，「璿皇，妳怎麼了？」

紀思璿依舊盯著窗外，緩緩開口：「沒什麼，就是忽然有點感動。」

韋忻完全聽不懂她在說什麼，「妳沒事吧？」

紀思璿不在意他聽不聽得懂，眼神漸漸放空，輕聲問：「韋忻，你會為一個人手繪二維碼嗎？」

韋忻看著她，「手繪二維碼？二維碼不是可以自動生成嗎？為什麼要手繪？妳想要什麼資訊，告訴我內容，我幫妳搞定。」

紀思璿輕笑一聲，臉上卻沒什麼笑意，「就是說你不會這麼做嘍？」

韋忻一臉莫名，「誰會這麼做啊？妳想手繪？應該也是可以吧。」

紀思璿半天都沒說話，過了很久才開口，聲音蒼白無力，「所有的二維碼都是一個個方格組成的，輸入資訊、自動生成，然後畫格子、數格子，該塗黑的塗黑，該留白的留白，再擦掉鉛筆留下的線，就畫好了。可是我見過一個人，不用畫格子、不用數格子，可以在白紙上直接畫，那他應該是之前練習了很多次吧？」

她的話說到最後幾乎變成了自言自語，韋忻知道她並不是在問自己，卻還是配合地問出口：「那個人是誰？」說完一抬頭，就看到一直歪頭看向窗外的紀思璿此刻淚流滿面，一滴滴淚從眼角溢出，滑下臉頰。

紀思璿一隻手壓在桌上的一張紙上，手指輕輕摩挲著上面的圖案，那圖案分明是一個手繪的二維碼：

『紀思璿，畢了業，我就娶妳。』

原來，他那天是想跟她說這個，原來，他曾動了娶她的心思。這一刻，這個大氣灑脫的女子淚如雨下。韋忻知道她不想被打擾，很快退了出去，還體貼地幫她關上門。

喬裕才上班，就在走廊上碰到打著呵欠的韋忻，熬了一夜的韋爵爺依舊帥氣十足，抓著亂糟糟的頭髮，慵懶地朝他打招呼。

喬裕抬抬手，給他看手裡的袋子，「我買了早餐。」

韋忻隻字不提紀思璿的異常，笑嘻嘻地靠過來攬著喬裕，一臉的不正經，「喬部長，這麼早來，是不是把璿皇一個人放在這裡跟我們待在一起一整晚，很擔心啊？」

其實兩個人認識沒有多久，正常人會下意識地排斥這麼熟稔的動作，但喬裕也沒推開他，笑著配合他，「她對你們確實滿特別的。」

韋忻歪著頭想了想，「其實瑢皇對我們的態度……還真的很特別。和我們在一起，她要嘛是沒把自己當女人，要嘛是沒把我們當男人，不過無論是哪一種，都挺傷自尊的。她的小女人模樣是『隱身對喬裕可見』的狀態。她在別人那裡是無所不能的女超人，在你面前才是女人。」

喬裕的笑容忽然變了，「就像你的身分對誰都是『隱身不可見』一樣嗎？」

韋忻忽然嗅到了危險，警惕地看著他：「什麼意思？」

喬裕拍拍他的肩讓他放鬆下來，「倫敦華人圈有名的韋家小公子，我還是認得的。」

韋忻臉色大變，「瑢皇跟你說的？」

喬裕聽了也很驚訝，「她也知道嗎？我不知道她知道，我也是偶然才知道的。」

韋忻左右看看，小聲開口：「不要說出去！」

喬裕一臉純良的笑。

「你和瑢皇的事情，我就從來沒跟別人說過！」

喬裕依舊一臉無害，「那是因為你有把柄在她手裡吧？」

韋忻眼看威逼不奏效，便打算利誘，「我跟你說個祕密，作為交換，你不可以說出我的事。」

喬裕本來就不是長舌的人，不過既然有人主動給封口費，他也不介意收下，「好。」

韋忻一臉認真地盯著他，似乎有些不放心卻又催眠自己，「我知道喬部長是君子，言而有信，我就不叫你寫書面保證了。」

喬裕有些好笑地點頭。

「璿皇電腦裡有個加密的資料夾。」

「你怎麼知道？」

韋忻心虛地低頭東瞧西瞧，「我駭過她的電腦。」

「裡面是什麼？」

「不知道。」

「密碼呢？」

「駭到一半被她發現了，然後我的電腦就泡在咖啡裡了……」韋忻憶起往事痛心疾首，「我畫的圖啊，我的資料啊……全都沒救回來！」

韋忻又笑嘻嘻地看著喬裕，「我覺得以你們倆的關係，你應該知道密碼吧？我一直想知道裡面是什麼，改天我們去試試看吧？你一定能試出來。」

喬裕搖頭，「我不知道。」

韋忻又回憶了一下：「有一次我好像看到過，密碼是六個數字，前三個好像是一二二，後面三個就不知道了。應該是她常用的密碼，你覺得熟悉嗎？」

一二二，這是什麼數字？喬裕搖頭。

韋忻收回手臂，癟癟嘴，很是無趣地看著喬裕，「喬部長，你真沒意思。」

喬部還是溫溫和和地笑著：「怎麼，韋爵爺沒套出我的話很失望？」

韋忻被揭穿也沒有顯露出不高興的樣子，「他們說得對，喬裕，你真的是手中有花，心中有劍。」說完便轉身離開，走了幾步之後又轉頭對喬裕說：「不過那個加密的資料夾是真的有，你有機會可以去試試看，我覺得一定跟你有關。」

喬裕點點頭，韋忻便轉身離開。

喬裕拎著早餐走進辦公室，便看到一群行屍走肉的人，看到他動作緩慢地打招呼，然後僵硬地圍過來吃早餐。

喬裕拿了一份送到紀思璿辦公室時，她已經收拾好了情緒。餘光掃到喬裕進來時，很快從旁邊扯了張紙，蓋在之前的二維碼上。

喬裕也沒在意她那一瞬間的緊張：「怎麼有氣無力的？吃了早餐就回去休息吧。」

紀思璿直直地看著他，眼底的情緒很複雜。

喬裕被她看得不自在，「怎麼了？我記得妳以前連續熬夜好幾天也依舊活蹦亂跳的，怎麼才一夜就累了？」

紀思璿別有深意地幽幽開口：「喬裕，我年紀大了，熬不起了。」

喬裕沒有聽出她話裡的意思，笑起來，「怎麼會，妳是少年得志，現在正是妳發揮的時候啊。」

紀思璿也不說話，就這麼面無表情地看著他，眼底晦暗不明。

喬裕終於發現她的不對勁，把粥打開，放了支湯匙進去，遞到她面前，「妳怎麼了？昨晚發生什麼事了？」

紀思璿又看了他許久，皺了皺眉忽然想要問他：當年你有想娶我的意思，那為什麼不過短短幾天就放棄我了呢？

她忽然垂下眼簾，遮住眼底緩緩流淌的情緒，抬手揉著眉心掩飾臉上的崩潰，一開口卻是平靜無波：「沒什麼，就是累了。」

尹和暢很快敲門，「喬部長，您約的人到了，在辦公室等您。」

喬裕點點頭，抬手看了眼時間又轉頭跟紀思璿說：「妳先吃早餐，我很快就結束，等一下送妳回家休息。」

◇

江聖卓扶著喬樂曦從車上下來，嘴裡邊囑咐她要小心點邊勸她：「還是回去吧，二哥知道了一定會不高興的。」

喬樂曦挺著大肚子一臉的興致盎然：「沒有啦，我就是想來看看啊，聽說爸回絕了薄家聯姻的建議，一定是二哥不同意。我來看看到底是個怎麼樣的女人，讓我二哥這麼著迷，我只是要偷偷看一眼，二哥不會發現的。」

江聖卓無奈，只能扶著她往登記處走。

登記處的值班人員認識他們，喬樂曦便開門見山地問：「那個度假村的專案，聽說合作方有個女的，她在哪個辦公室啊？」

這時，紀思璿當然沒有等喬裕送她，收拾好情緒，打著呵欠就從辦公大樓走出來，恰好遇到薄季詩來上班，兩個人在辦公大樓門前打招呼，寒暄了兩句。

值班人一看便笑了，指了指正在說話的兩個人給喬樂曦看，「兩個都是，妳問的是誰？」

喬樂曦想了想：「就是和我二哥傳緋聞的那個。」

值班人又指了指，「兩個都是。」

喬樂曦看看紀思璿，又看看薄季詩，不知道到底是哪一個。她低頭悄悄問江聖卓：「哪一個？」

江聖卓和喬樂曦都沒見過薄季詩，上次也忘記問紀思璿的名字，只能靠猜了。江聖卓看了一會兒實在猜不出來，「我怎麼會知道。」

喬樂曦追問：「你覺得是哪一個？」

江聖卓看了看，示意她，「那個吧，不是說長得非常漂亮嗎？」

喬樂曦順著江聖卓指的方向看過去，癟癟嘴，「就知道你會選漂亮的那個，色狼！」

江聖卓一臉被冤枉的無奈，喬裕喜歡漂亮的就是有眼光，他選漂亮的就是色狼，更何況還是她逼他選的。

喬樂曦仔仔細細地看了一會兒，左邊這個確實長得很漂亮，但氣場太強，右邊那個看上去比較溫婉，應該是和喬裕比較搭，雖然沒有左邊那個漂亮，卻也是個不折不扣的美女。她皺著眉，思索了半晌，終於做了抉擇，向薄季詩走過去。

紀思璿之前在喬裕那裡見過喬樂曦的照片，兄妹倆的眉眼有幾分相像。她從喬樂曦笑著攬過薄季詩的手臂說她是喬裕的妹妹時，就明白喬樂曦認錯人了。她也不攔她，站在一旁冷眼看著喬樂曦拉著薄季詩親親熱熱地說話。

江聖卓在一旁越看越覺得不對勁，打了通電話給喬裕。

喬裕還在會客，向客人示意了一下便站到窗邊接起來。

一接起來江聖卓就急匆匆地問：「二哥，你喜歡的那個女孩子長什麼樣子啊？」

喬裕有些莫名其妙，『怎麼突然問這個？』

江聖卓頂著被罵的危險主動交代：「你親愛的妹妹好像認錯人了。」

喬裕似乎猜到了什麼，『你們在樓下嗎？』

江聖卓都快哭了，「你快說個明顯的特徵。」

喬裕也沒為難他，想了一下，『她應該帶了隻貓。』

「貓！」江聖卓哀號一聲便掛了電話，火速跑到喬樂曦的耳邊小聲地說了幾個字。

喬樂曦一臉驚悚，看著眼前的女人，「姊姊，妳貴姓啊？」

薄季詩絲毫不見驚訝，「我叫薄季詩。」

喬樂曦傻眼了，和江聖卓互看一眼，異口同聲地開口：「糟糕了。」

兩人再轉頭準備找紀思璿時，她已經走遠了。

喬樂曦小跑了幾步追上紀思璿，「姊姊、姊姊，對不起，我剛才不知道妳才是我二哥的女朋友。」

紀思璿遇到喬裕的事情便格外小心眼，扶了一把氣喘吁吁的孕婦才涼涼地開口：「我不是，喏，那個才是，妳們繼續姊妹情深去吧。別跟著我了，孕婦離貓遠一點。」

孕婦的脾氣本就古怪，喬樂曦又被紀思璿高傲的眼神和不冷不熱的語氣激怒了，「什麼嘛，我又不是故意的！我二哥怎麼會喜歡這麼小氣的女人！不就是長得漂亮點，有什麼了不起！」

江聖卓默默嘀咕，當年妳比她還小氣！

喬裕從樓上下來的時候，紀思璿已經不見了蹤影。

幾分鐘後，江聖卓和喬樂曦垂著腦袋，無精打采地坐在喬裕辦公室裡，喬裕正在辦公桌前忙，看也不看兩個人。

喬樂曦和江聖卓對看了一眼，可憐兮兮地撒嬌道：「二哥，我知道錯了，你不要不理我嘛……」

「妳說妳都快生了，不好好待在家，跑來這裡胡鬧什麼？」喬裕說完看著江聖卓，「還有你，就任由她這麼胡鬧？」

江聖卓早就習慣在這兄妹面前裡外不是人了，「你也說了她快生了，我哪敢拒絕她。」

喬裕知道紀思璿嘴上不說，其實很在意這些事情，歎了口氣，「算了，你們倆回去吧。」

喬裕不敢吵紀思璿睡覺，快到中午時才打電話給她，她似乎還在睡，鼻音很重。

「見到我妹妹了？」

紀思璿半睡半醒地「嗯」了一聲。她其實一直都是半睡半醒的，心裡有事，夢裡都是以前和喬裕在一起的片段，包括那個二維碼。但是她又清醒地知道那是夢，不願意醒來，就連此刻喬裕的聲音順著電流傳過來，在她聽來都有些不真實。

「她不是故意的，妳認識她的啊，我給妳看過照片。她認錯了，妳怎麼也不解釋？」

紀思璿好像翻了個身，換一隻耳朵聽電話，窸窸窣窣後才聽到她有氣無力的聲音：『不想解釋。』

喬裕聽她病懨懨的，便不再多說：「妳先睡，我今天不忙，下午去接妳出來吃飯？」

紀思璿現在有點怕見到他，『不用了，今晚還要趕工，我睡一下就要去辦公室了，天氣要變冷了，再拖下去就開不了工了。』

喬裕也沒多說，很快掛了電話。

紀思璿繼續半睡半醒地躺在床上，不知過了多久，傳來門鈴的聲音。她一臉迷糊地爬起來，一打開門就看到喬裕站在門口，手裡還拎著一袋剛買的菜。

紀思璿揉揉眼睛，上上下下地打量著他，「你幹嘛？」

喬裕抬手理了理她睡亂的頭髮，「來做飯給妳吃啊。」

紀思璿靠在門上挑眉看他，淡淡地開口問：「你很閒啊？」

喬裕看著她迷迷糊糊卻依舊一臉傲嬌的模樣只覺得可愛，忍著笑，模糊不清地開口：「這不是來給妳賠罪道歉的嗎？」

紀思璿睡得迷迷糊糊，不知道他在笑什麼，也懶得和他理論，讓開來，「進來吧。」然後趴在沙發上又昏睡過去。

夢裡有腳步聲、水聲、抽油煙機運作的聲音，很吵，她卻覺得心安，很快地又有了刺耳的手機鈴聲，響了許久她才閉著眼去摸，摸到也沒看，直接接起來喂了一聲。

那邊頓了一下，很快開口：『喬部長在嗎？麻煩請他接一下電話。』

紀思璿被吵醒，一肚子的火，「你找他，打他電話啊，打給我幹什麼！你以為我們的關係好到我會知道他在哪裡嗎？」

那邊沉默了一會兒，等她說完才輕聲辯解：『我打的就是他的電話……』

紀思璿一愣，從耳邊拿下手機看了一眼，像燙手山芋般立刻扔掉，爬起來轉身就走。

聞聲趕來的喬裕攔住她，一手圈著她的腰，一手撿起手機，「我是喬裕。」

紀思璿火爆地推開腰間禁錮著自己的手臂，喬裕無聲地笑著看她鬧脾氣，聽完之後很快回答：「好的，我知道了，就先這樣吧。」

掛了電話之後，另一隻手也圈上她的腰，忍俊不止，看著她，眼神寧靜深邃，「紀思璿，我重新追妳好不好？」

紀思璿瞬間清醒，張牙舞爪的動作也停了下來，像看神經病一樣看著他半晌。她忽然想起那個二維碼，想起門鈴響起前的那一刻，那個夢裡，還是學生模樣的喬裕站在製圖室的陽光裡，彎著眉眼笑著對她說：紀思璿，畢了業，我就娶妳。

夢裡的那張臉和眼前的臉很快重疊在一起，他還是那般笑著的模樣問她：我重新追妳，好不好？

她眼睛忽然有點酸，忍了忍，故作冷靜地開口：「說得好像……你追過我一樣。」

喬裕摸摸鼻子，有些愧疚，好像真的沒追過……

紀思璿眯著眼睛一臉慵懶地看著他，「你打算追我之前，沒去打聽過嗎？不知道璿皇是出了名的難追嗎？」

喬裕似乎沒預料到她會是這種反應，愣愣地看著她。紀思璿看他發愣的樣子，終於扳回一城，冷哼了聲，揚著下巴走開了。

喬裕站在原地愣了許久，終於明白她這算是沒有拒絕才笑著去了廚房。紀思璿從洗手間裡探出腦袋，看著他的背影漸漸紅了眼眶。

◇

喬裕送紀思璿去辦公室之後，接到了江聖卓的電話。

『你要不要來看看樂曦？你知道孕婦本來就敏感，情緒不穩定，她回來之後一直在房間裡生悶氣。』

喬裕答應了，很快趕過去，江聖卓看到他就一臉看到救兵的模樣。喬裕在門外敲了敲門，裡面沒有反應。

他又敲了兩下，「樂曦，二哥進來了。」

說完才推開門，就接到一個飛過來的抱枕，喬樂曦坐在床邊的地毯上滿是委屈地瞪他，「二哥，我討厭你！」

喬裕和門外的江聖卓交換了個眼神，關上門走過去靠著床坐到地上，「她也這麼說過，她說，喬裕，我討厭你！她是我見過的最灑脫大氣的女孩子，不矯揉造作，也不虛偽陰險，很有才華。其實妳們倆有的地方很像，比如說沒那麼多心機詭計、不喜歡就絕對不會委屈自己笑臉相迎。」

喬樂曦橫他一眼，「我才不是！」

喬裕滿是寵溺地看著這個唯一的妹妹，笑著開口：「好好好，妳不是。我和她的事，我沒跟別人說過，因為我覺得這是我們的事，沒必要告訴別人。可是現在我想跟妳說，因為妳是我妹妹，她是我愛的人，我希望妳們可以像一家人一樣相處。」

喬樂曦揪著喬裕的衣角，「二哥，我不喜歡她。她不就是長得漂亮點嗎？如果她長得不好看，你還會喜歡她嗎？」

喬裕皺了皺眉：「這個問題我實在不知道該怎麼回答。因為我喜歡她的時候，她就是這個樣子，我也不知道是因為她長得好看才喜歡她，還是因為喜歡她就順便喜歡她的好看。」

喬樂曦也知道這種假設法其實很荒謬，一臉挫敗地低下頭。

喬裕緩緩開口：「我們是大學校友，她比我小一屆，是她追我的。我不知道她喜歡我什麼，所以剛開始只當是她在惡作劇，就像小時候妳捉弄二哥一樣，我也不會耿耿於懷。妳見過了，她很漂亮，學校裡追她的人也很多，我想說時間久了，她會膩，也就放棄了。而時間久了妳會發現，她雖然傲慢，但為人正派，會幫助別人；但也不是沒有原則，看不慣的人或者事絕不會忍氣吞聲。當她真的跟我說她要放棄時，我知道她是欲擒故縱，可我還是淪陷了。後來……後來因為大哥生病了，我不能和她一起去國外學建築，所以分開。我沒告訴她真正的原因，她以為我是為了仕途才放棄她，所以頭也不回地走了。一直到前段時間她回國，我們才重新聯繫起來，她因為當年的事怨恨我，所以我們也沒有在一起。」

喬樂曦開口問：「你為什麼不告訴她？」

「那個時候不告訴她，是怕她會為了我放棄出國的機會，她那麼有才華，為了我放棄自己的夢想，我會心疼。」

「那她回來了，你為什麼不說清楚？說清楚她就不會怪你了。」

喬裕轉頭看了她一眼，有些為難卻還是說出口：「妳還記得……媽媽出事的那天嗎？妳被爸爸送去聖卓家，爸爸的祕書去學校找哥哥送到外公家。我因為下課早就先走了，大概就是在那個時候錯過了。外公以為爸爸會去找我，爸爸以為外公會去找我，但誰都沒去找我。我回到家，家裡一個人都沒有，然後便看到媽媽躺在滿是血的浴缸裡，身體都涼了。我當時太小，早就被嚇傻了，只知道呆呆地等人來找我。我一直都不提，因為我知道妳們有多愧疚，其實當時我在家裡很怕，可是跟妳們的愧疚比起來，我覺得沒什麼。就跟那件事一樣。當初她以為我是為了前途才不跟她去留學，也是我讓她這麼以為的，當初她以為是我先放的手，所以她頭也不回地走了，現在她回來了，如果我再告訴她真相，她會愧疚，我不想讓她愧疚。這些年我沒為她做過什麼，唯一能做的也只有這個了。」

喬樂曦忽然淚崩，抓著喬裕的手，「二哥，對不起，我們當時忘記帶你走了，真的對不起。」

喬裕拍拍她的背，扯了幾張紙巾給她擦眼淚，「好了好了，哭什麼，過去那麼久了，我們都該釋懷了。」

「當年妳遠走異國後，江聖卓跟我說，他怕他再深的感情都抵不過妳身邊一個溫暖的肩膀。我又何嘗不怕？她的脾氣又很倔，一直都排斥和我見面，排斥我的消息。我怕我一旦有動作她就會用力抗拒，所以我什麼都不敢做。妳也在國外待過，那種寂寞和辛苦妳最清楚。妳是因為心裡有江聖卓，也知道他心裡有妳，所以妳不會怕。可是她什麼都不確定，當年也是帶著我拋棄了她的誤會離開的，卻一直孤身一人在等我。如今，她拒絕所有的誘惑回來了，她肯回來就是最大的讓步。二哥真的什麼都沒為她做過，只是這一點我就萬劫不復。所以，妳能不能為了二哥，嘗試著喜歡她呢？」

喬樂曦抽抽噎噎，淚眼矇矓地看著喬裕，最終還是點了點頭。

喬裕走的時候，江聖卓一臉狗腿地送到門外，「我哄了一天她理都不理我，你一個小時就搞定了，你是怎麼做到的？」

喬裕歎了口氣，「這種事情，一個男人對自己喜歡的女人，總是沒有辦法的。」

江聖卓似乎聽出了弦外之音，壞笑著開口：「所以你現在要去哄你對她一點辦法都沒有的女人了？」

喬裕上了車降下車窗，「我去看看我哥。」

江聖卓聽到後收起笑容，目送喬裕離開。

喬裕到的時候，喬燁正對著電腦看著什麼，看到他進來，便闔上電腦放到一邊，「怎麼這麼晚了還過來？不是說了嗎，忙就不要來了。」

喬裕坐到病床上，「很久沒來了，來陪陪你。」

喬燁越來越瘦，喬裕看了心裡很難過。「聽說……你喜歡的那個女孩子回來了？」

喬裕一愣，「聽樂曦說的啊？」

喬燁順著說下去：「啊，對，聽樂曦說的。怎麼樣，有希望嗎？」

喬裕歎了口氣，「好像還在生氣，不過我會努力的。」

喬燁拍拍他的肩，「好好加油！」兄弟倆又隨便聊了聊別的，喬裕要走的時候，喬燁忽然叫住他：「喬裕！」

「嗯？」

喬燁問得認真：「你有沒有什麼想要哥哥幫你做的？」

喬裕搖頭，「沒有，哥，你好好養病，不要操心別的。」

喬燁點點頭，「好。」

喬裕又問：「你呢？哥，你有沒有想要我為你做的？」

喬燁笑起來，「說過了啊，你替我好好照顧爸、照顧妹妹。」

喬裕答應：「知道了，那我先走了。」

喬裕離開後，喬燁打開電腦，看著紀思璿傳給他的草圖，微微笑起來。

第十一章　剎那，怦然心動

生活裡的喜歡往往沒有那麼百轉千迴，
就是有一瞬間，他讓妳的心動了一下，軟了一下。

熬了幾個通宵，方案終於出爐。紀思璿跟徐秉君、韋忻初步定了稿，但是紀思璿在會議上發表完之後，效果並不好。

謝甯純率先開口，不屑的語氣裡夾雜著冷嘲熱諷：「璿皇的名聲這麼響，我還以為有多厲害，也不過如此。不是國外著名的事務所嗎？怎麼一點都看不出來。」

出錢的是大爺，紀思璿忍了忍，「我們有自己的文化，我們的建築也該有自己的文化底蘊和地域設計，不該跟在西方建築界後面拾人牙慧。」

「也是不錯的，或許是我期望太高，並沒有想像中那麼驚豔。」薄季詩遲疑著開口，繼而輕描淡寫地把問題拋給喬裕，「喬部長覺得呢？」

喬裕默不作聲，一頁一頁地翻看著手裡列印出來的資料。一時之間會議室裡靜寂無聲。

徐秉君和韋忻對看一眼，剛要開口，就聽到紀思璿的聲音。

「曾經有一個人跟我說過，建築之所以存在，最基本的功能就是庇護場所，安全與舒適是最基本的需求；不要讓浮誇無實的外觀設計和創新造型掩蓋了最初的目的，功能性和美觀要相互平衡，不要本末倒置。建築不是突兀空洞的，而是要和周圍的人、物、風景搭配得渾然天成。那個時候我不以為然，後來我見過那麼多建築，遇過那麼多優秀的建築師，那個時候我才意識到他說的是對的。我一直以為我在建築上很有悟性，後來我才知道他才是最有悟性的，我領悟到的只是表面，他才是領悟到了建築的真諦。」

謝甯純一臉不屑，「那個人是誰？業內人士？很出名？」

紀思璿神色黯然，「他轉行了。」

謝甯純嗤笑，「真是可笑，一個轉行的人說的話有什麼說服力？是混不下去了吧？」

徐秉君忽然開口：「領悟得如此之深，看得如此之透徹，我還真是想知道這番話是誰說的，看看有沒有機會結識一下。」

紀思璿看向喬裕，喬裕終於開口說了第一句話：「我說的。」

話音落下，又是一室沉寂。

紀思璿望向喬裕：「我倒是想問問喬學長，當初你是這麼教我的嗎？」

過了很久，喬裕才再次開口，聲音裡帶著往日沒有的清冽低沉：「直到現在，我還是這麼認為。每一座建築都應該有自己的品格和靈性，不僅僅要創新與奢華，還要自然與舒適，節能和低成本並不會拉低建築本身的價值，造型與功能要相輔相成，不著痕跡。建築師是活的，建築也理應是活的，有感染力的。好的建築不是技術和才華的堆疊，而是情感與內涵的融合。璿皇、徐工、韋工，在你們的設計方案和理念裡，沒有任何感染力，我感受不到任何情感的投入，沒有靈魂的建築空洞無味。從它只能是一座建築的那一刻起，它便喪失了存在的意義。」

說完之後，他才抬眸回視紀思璿，緊緊盯著她，眼神和語氣是從未有過的強勢和直擊人心，「妳的設計很有辨識度，但在這裡我看不到。紀思瓁，妳在逃避什麼？」

紀思瓁心裡一沉，他竟然一眼就看穿了她在逃避。她承認她在敷衍，從踏上度假村所在地的那一刻起，她就本能地抗拒。故地重遊想起的便是故人，她不願付出心血，從頭到尾不過是在敷衍、在逃避，逃避回憶和曾經受到傷害的痛楚。

紀思瓁和他對視良久，一臉挫敗，深吸一口氣緩緩吐出來，垂下眼簾輕聲開口：「改。」

會議很快結束，當會議室裡只剩下事務所的人時，韋忻還處在震驚之中，難得正經地感嘆：「真是可惜了，建築界的損失啊！」

加班趕工做出來的方案被如此嫌棄，不免有人吐槽，或許是負能量積聚太多爆炸了，後來所有的矛頭都對準了決策者喬裕。紀思瓁冷眼旁觀半晌，冷笑著開口：「別人我不知道是不是不懂裝懂，我只知道當年X大流傳著幾句話，是說學校裡風雲人物的。其中有一句就是『數風流才子，還看『建喬』，所謂的『建喬』說的就是建築學院的喬裕。他帶著學弟妹參加競賽，拿獎拿到手軟，老師根本不需要操心，輕鬆又遊刃有餘。即便不做這一行了，也不是你們可以隨便說嘴的。」

眾人你看看我，我看看你，明顯看出紀思瓁的不高興，都不敢再多說什麼，被徐秉君和韋忻轟出了會議室。

紀思瓁坐在會議室裡靜靜地出神。她就坐在剛才的位子上沒動，垂著眼睛看著桌子的桌角，忽然抬手摸了摸自己的腦袋。當時如果她動作再大一些，大概就會碰到那隻手了吧。

身後傳來喀嚓一聲，會議室的門被打開，一個人迅速走進來，就站在她身後。

「剛才開會我說的話，讓妳不高興了？」

紀思璿搖頭，「沒有。」

她抬頭察覺到喬裕一直盯著她看，笑了一下，「真的沒有。我只是……」她臉上的笑容忽然消失殆盡，沉吟良久，「我只是覺得……」

說了幾個字之後又頓住，欲言又止。

天色漸漸暗下來，屋內一片昏暗，喬裕越來越看不清她臉上的表情，她安安靜靜地坐在那裡，長睫輕掩，卻不再開口。

幾聲突兀的敲門聲之後，會議室的門被輕輕推開，尹和暢站在門口，看到沒開燈也不見吃驚，對著黑暗中的身影開口：「喬部長，都安排好了，準備去吃晚餐了。」

喬裕很快回答：「好，你先出去，我們馬上來。」

尹和暢關上門，退了出去。

紀思璿跳起來，頗有雀躍的意味，「啊，可以吃飯了，我都快餓死了！」

說完便往門口走。經過喬裕時，他忽然站直從身後抱住她，在她耳邊輕聲問：「妳覺得什麼？」

他的手臂鬆垮垮地掛在她的腰上，他的氣息就在耳邊，緩慢溫熱，紀思璿忽然有點慌。我只是覺得，喬部長對璿皇說什麼，都可以接受。意見不合，可以溝通；風格不對，可以商榷；設計不合理，也可以修改。我從未奢望過方案可以一次就過，但喬裕說那些話，我竟然會難過，難過得不可思議。連我自己都無法理解，我為什麼會這麼難過。

喬裕，原來我自己都不知道，我會這麼在意。

紀思璿知道自己有心結，輕聲開口，聲音有些顫抖：「喬裕，你後悔了嗎？我見到的建築越多，遇過的優秀建築師越多，我心裡就越難過，越替你惋惜。我從他們身上會看到你的影子，可你和他們又有那麼多的不一樣。剛開始的幾年，我接觸到每一個專案甚至會控制不住地想，如果是你，你會怎麼做。」

喬裕，我和你的仕途，如果再讓你選一次，你會選誰？紀思璿忽然不敢問出口，喬裕也久久沒有說話。

紀思璿一群人出了辦公室，才發覺今天是萬聖節。

加了一天的班，大部分的人都是一臉戾氣，大概是喬裕的神情最為溫和，有賣花的小女生拉住他，「帥哥，買束花給你的女朋友。」大概是不知道在場的紀思璿和薄季詩哪個才是正牌女友，視線來來回回掃了好幾圈，最終放棄。

紀思璿皺眉，關鍵時刻不站在她這邊者，死刑！

最近忽然降了溫，天氣冷得厲害，喬裕大概是覺得小女生很辛苦，便掏出錢包準備買一束。紀思璿忽然攔住他，笑咪咪地看向賣花的女孩，「他沒有女朋友，妳沒看出來嗎？他……嗯？」

女孩反應極快，笑嘻嘻地回答：「那買一束給男朋友吧！」

在場的人笑岔了氣，喬裕皺著眉看著眉開眼笑的紀思璿，倒也不生氣。

紀思璿看都沒看喬裕一眼，「他是……那個，在等他男朋友買花給他！」

小女生睜大眼睛，上上下下地看著眼前這個高高大大的男人，似乎接受不了這個事實，艱難地咽了咽口水，轉身走了。

眾人哈哈大笑，喬裕卻一臉無奈地看著紀思璿。

紀思璿絲毫不見愧疚，「我這是在幫你，如果你真的買了花，打算送給誰？給我嗎？大概薄總會不開心。給她嗎？那麼多人看著，我多沒面子。」

喬裕似笑非笑地看著她，直到紀思璿心底有些發毛，硬撐著瞪他一眼，「幹嘛？」

喬裕伸手攔住從旁邊走過的賣花女孩，買了一束花塞到紀思璿懷裡，帶著旁若無人的寵溺和無奈，「不幹嘛！」

紀思璿立刻拿得遠遠的，還推了推喬裕，「你不是花粉過敏嗎？離遠一點。」

喬裕好像忽然明白剛才紀思璿為什麼要攔著自己了，他笑著抬眼看她。

喬裕的五官柔和俊逸，一雙丹鳳眼承自其母，清澈溫和，看著她的目光沉靜又蘊含著笑意，自帶一股溫文儒雅的氣質。

生活裡的喜歡往往沒有那麼百轉千迴，就是有一瞬間，他讓妳的心動了一下，軟了一下。

紀思璿面無表情地看了他一眼，若無其事地轉頭繼續往前走。

身後的一群人卻轟動了，「喂喂，我剛才看到了什麼？璿皇臉紅了耶！」

謝甯純看著前面並肩走在一起的身影，皺著眉看向薄季詩。薄季詩寬慰地笑了笑，拉著她往前走。

即便提案沒過，可前段時間所有人又是加班又是熬夜的，都很辛苦，趁過節，都打算放鬆一下。

每個人都有自己的死穴，而紀思璿的死穴就是玩真心話大冒險。那天晚上紀思璿運氣不好，栽在誰手裡不好，非要栽在謝甯純手裡。

紀思璿心裡哀號一聲，自認倒楣。

謝甯純一上來就扔了個炸彈，「璿皇是處女嗎？我不是說星座。」

氣氛一下子火爆起來。紀思璿掃了眾人一眼，那一張張充滿期待的臉龐讓她翻了個白眼，大大方方地回答：「不是。」

「喔。」謝甯純偷偷看了喬裕一眼，喬裕的臉色有些難看，垂著眼睛不知道在想什麼。她得意地朝薄季詩笑了笑，薄季詩朝她搖搖頭。

這一輪算是過了，誰知下一局竟然又是她。謝甯純接著剛才的問題：「第一次是什麼時候？」

紀思璿認栽：「大學。」

眾人聽了又是一陣騷動。

紀思璿一向坦蕩，索性直接問：「還想知道什麼，繼續問！」

謝甯純的問題越來越沒下限，「第一次給誰了？」

紀思璿的眉頭都沒皺，微笑著看她。

謝甯純以為她想要賴，挑釁道：「璿皇不會輸不起吧？」

喬裕忽然端起手邊的酒杯，一口氣喝光，臉色有些蒼白，抬頭看向紀思璿，「給我了。」

眾人一個個面無表情，卻在心裡大呼小叫。

「哇靠！什麼情形？有沒有人來跟我講一下！」

「太勁爆了！我的心臟受不了啊！」

「我就說喬部長和璿皇有問題吧！」

那天，沒有人知道發生了什麼事，只知道紀思璿約了喬裕見面，回來後一臉悲壯地跟隨憶說，她就算這輩子再也見不到喬裕也不會後悔了，然後絲毫不掩飾地紅著眼睛回寢室。

其實那件事是紀思璿主動的，她也不知道當時自己是中了什麼邪，就是有一種執念，想要給喬裕，似乎這樣就沒什麼遺憾了。

「上次說到的，我大學時的女朋友就是她。」喬裕抬手指了指紀思璿，「我說我有女朋友了，指的也是她。」

喬裕說完看向謝甯純，沒了往日和善的模樣，「沒有別的問題了吧？」

謝甯純沒想到會是這種結果，僵硬地搖搖頭。

喬裕拉著紀思璿站起來，他一向修養甚佳，即便是不高興也不會少了該有的禮節，「沒問題的話，我們就先走了，你們慢慢玩。」

喬裕拉著紀思璿走出來，直到上了車，眼底依舊一片晦暗。

紀思璿歪頭看他，笑嘻嘻地問：「你那麼生氣幹嘛？」

喬裕看她一眼，「妳還笑？」

「本來就是事實，我不怕別人說啊。」

「可是我怕。」喬裕看著她的眼睛，艱難地扯出一抹笑，「那天之後我很後悔，我覺得自己是個渾蛋，不能對妳負責任卻還是要了妳。」

紀思璿忽然不高興了，揚著下巴頤指氣使地開口：「喂喂喂，你記錯了吧，明明是我硬上了你好嗎？」

「……」喬裕心裡的惱怒和難過都被這句話驅除得無影無蹤，「妳不生氣了？」

「提案沒過啊？提案怎麼可能一次就過，不改個十次八次怎麼定得下來。誰讓合作方又是個內行人，只有自認倒楣嘍！」紀思璿說完忽然想起什麼，「我在你心目中就是個這麼小氣的人啊？」

喬裕立刻搖頭，「沒有沒有，開車開車。」

回去的路上，薄季詩的臉色格外陰沉，不發一語。

謝甯純似乎被嚇到了，囁嚅地開口：「表姊，我本來是想幫妳……」

「幫我？」薄季詩冷笑一聲，「幫我把喬裕徹底推遠？」

謝甯純覺得薄季詩好像忽然變了張臉，顯得格外可怕，「表姊，妳……」

薄季詩一時失態，懊惱地皺起眉不再說話。

◇

第二天一大早，紀思璿看看眼前包裝精美的巧克力，又看看喬裕，「你幹嘛？萬聖節過了。」

喬裕一臉理所當然，「追妳啊！」

紀思璿無語，摩挲著巧克力盒子，歪頭調侃道：「喬部長，你是不是該去學一學怎麼追女孩子啊？」

追女孩子這種事喬裕確實不會，他也是一臉茫然，「花送了，巧克力也買了，還需要什麼？」

紀思璿不知道該怎麼來形容此刻的心情，剝了一顆巧克力扔進嘴裡，然後面無表情地看向喬裕，「不需要了，什麼都不需要了，你，我也不需要了。」

喬裕已經領教到女人心海底針這個真理，怕再說下去她會直接翻臉，一頭霧水地退了出來。

當天晚上，喬裕在看完幾百條關於怎麼追女孩子的搜尋結果後，終於放棄，轉而打算諮詢一下有經驗的人士。他選來選去選中蕭子淵，打電話給蕭子淵時得知隨憶值夜班，他自己在家帶孩子時，喬裕很有誠意地拎了水果上門請教。

蕭子淵也沒客氣，收了禮之後便在廚房裡切水果。喬裕不發一語，低頭看著他動作嫻熟地去皮切塊，蕭子淵也沉得住氣，喬裕不主動開口，他也不問。

喬裕半晌才鼓起勇氣：「蕭子淵，問你個問題……」

蕭子淵頭也沒抬，「問啊。」

「你當年是怎麼追到隨憶的？」

蕭子淵萬萬沒想到喬裕會問他這個問題，好整以暇地抬頭看著他。

喬裕被他看得心煩，捏了一塊火龍果扔進嘴裡，眼神飄忽、故作不在意地開口：「沒什麼，就是隨便問問。」

蕭子淵笑了笑，邊洗手邊朝客廳喊了一句：「雲醒，過來吃水果。」

正在客廳玩的蕭雲醒很快跑過來，抱著喬裕的腿叫二叔。

蕭子淵朝喬裕使了個眼色，抱起蕭雲醒，放在料理臺上才開口問：「雲醒，在幼稚園有喜歡的女孩子嗎？」

蕭雲醒邊往嘴裡塞水果邊搖頭，「沒有。」

蕭子淵繼續問：「那有喜歡你的嗎？」

蕭雲醒想了想，落落大方地承認，「有。」

「那她們都是怎麼喜歡你的？」

蕭雲醒這次想也沒想，「把零用錢都拿來買東西給我啊。」

喬裕有些好笑地聽著父子倆的對話。

拿。」

蕭子淵問完看向喬裕：「小孩子都懂的道理，你竟然不明白。」

蕭雲醒吞下最後一塊火龍果，懂事地擦了擦嘴，洗洗手之後開口解釋：「爸爸，我都沒

蕭子淵把他抱下來摸摸他的頭，「乖，你做得對，怎麼能隨便收女孩子的東西。」

蕭雲醒眨了眨大眼睛問：「那男孩子的呢？」

蕭子淵拿毛巾給他擦手，「當然也不行了。」

蕭雲醒看著他，「爸爸，那你為什麼收二叔的東西？」

喬裕別過頭笑。蕭子淵一愣，敲了敲空了一半的碗，「請問都被誰吃了？」

蕭雲醒伸出胖胖的手指指向自己，喬裕被逗樂，抱著他放到地上，「好了好了，二叔是買給自己的，剛好二叔家停水了，就來這裡洗水果，順便分享給你和你爸爸。好孩子要學會分享對嗎？」

蕭雲醒點點頭。

蕭子淵摸摸他的頭，「乖，去玩吧！」蕭雲醒立刻噠噠噠地跑走了。

喬裕終於明白蕭子淵的用意，調侃道：「這麼說，你們家是隨憶掌管財政大權嘍？」

蕭子淵笑得腹黑，意有所指，「老婆管錢沒什麼丟臉的，找不到人幫你管錢，才是真的丟臉。」

蕭子淵的話真的刺激到喬裕了，喬裕回家後就開始翻箱倒櫃，把各類證明放到資料夾裡才安心地去睡覺。

◇

第二天一早，紀思璿又在辦公室門前遇到等候已久的喬裕。喬裕跟著她進門，不發一語地把資料夾放到她面前。

紀思璿也沒指望這個男人會忽然開竅，做出什麼浪漫的舉動，敷衍地打開一看，然後嚇了一跳。權狀、金融卡、信用卡副卡、車鑰匙，還有一堆她看不懂的紙和一串不知道是哪裡的鑰匙。紀思璿挑眉看他：「你這是幹什麼？炫富啊？喬部長，你還真是存了不少嫁妝。」

喬裕無奈，「炫什麼富，追妳啊！這是我所有的財產，房子、車子、存款，家裡還有幾支手錶，妳有興趣可以去看看。」

紀思璿終於明白喬裕在幹什麼了，除了無語之外也覺得喬裕傻得可愛，忍著笑問：「誰教你的？」

喬裕不好意思說出口，眼神飄忽不定，「沒有人。」

紀思璿覺得喬裕不會這種舉動，瞇著眼睛開始猜，「蕭子淵？」

喬裕搖頭，「不是。」

紀思璿又想了想，「溫少卿？」

喬裕繼續搖頭，「也不是。」

「林辰？」紀思璿猜完之後立刻否定自己，「不對，林辰自己都沒追到怎麼教你，到底是誰呢？」

喬裕神情複雜，猶豫良久，極快地看了紀思璿一眼，「蕭雲醒。」

紀思璿立刻趴在桌子上拍著桌子，笑得無法自拔，絲毫沒留面子給他。喬裕的臉在她誇張的笑聲中越來越黑，紀思璿注意到這一點後終於不再笑了，輕咳一聲，很正經地問：「喬裕，這幾年就真的沒人追你嗎？」

喬裕的心情已經跌到谷底，像個生悶氣的小孩子，「沒注意。」

紀思璿忍不住又偏過頭去笑。

喬裕覺得自己被蕭子淵耍了，很沒面子地悄悄跑掉，嘴裡還嘀咕著：「當年我就說過追女孩子那一套我真的不會，甜言蜜語也不會，你也沒說要學，現在到底要怎麼學啊？」紀思璿聽到之後笑得更大聲了。

喬裕去找蕭子淵算帳時，蕭子淵正在和隨憶講電話。

隨憶問蕭子淵：『昨晚你和雲醒是怎麼捉弄喬裕的？我剛下班就接到妖女的電話，她跟我投訴你。』

蕭子淵一臉大仇得報的暢快感，「我說過了，當年我追妳的時候他嘲笑我，現在終於讓他還了債。」

喬裕走到辦公室門口，聽到這一句才幡然醒悟，一臉鬱悶地轉身去茶水間，打算倒杯冰水來救贖一下這個不如意的早晨。

誰知茶水間又是個雷區。紀思璿在茶水間用微波爐熱牛奶時，薄季詩敲了敲門走進來，依舊是一副溫柔又抱歉的模樣，「昨天的事情不好意思了。」

紀思璿歪頭看她一眼，「喬裕又不在，薄總不用這麼客氣。」

薄季詩解釋：「妳誤會了，其實我跟喬裕就只是普通朋友而已。我們……」

紀思璿對她的招數很清楚，接下來她大概就會不露痕跡地描述她跟喬裕的關係到底有多「普通」，她不耐煩地打斷，「沒人說妳們不是普通朋友。」

薄季詩領會到紀思璿話裡的意思，忽然笑了，「妳不相信這個世界上，男女之間有純潔的友誼嗎？」

紀思璿也學著她的模樣笑起，「是，男女之間是可以有純友誼的，只要一個打死不說，一個裝傻到底。薄總，在這個世界上我見過真正溫婉端莊的女人只有一個，她叫隨憶。她的溫婉端莊是在骨子裡，可妳的溫婉端莊卻是在臉上。一個人的氣質和修養，無關乎容貌，而是內在的經歷所留下的印記，優雅端莊不是裝扮出來的，所謂相由心生，境由心轉。薄總，妳走到今天所依賴的是驕傲、虛榮、嫉妒和報復，而非天生的善良，如何賢良淑德起來？」

她早過了鋒芒畢露，不給別人留餘地的年紀，現在的她會不著痕跡地解決對手了。

喬裕一轉身，剛好聽到「打死不說」和「裝傻到底」這句，紀思璿不慍不火的口氣讓他在心裡驚呼，慘了，原來她知道。

薄季詩忽然覺得自己真是要多悲哀就有多悲哀，當初她以朋友之名接近喬裕，本以為自己是聰明的，因為倘若自己在他面前露出愛慕之意，他必定能躲多遠就躲多遠。此刻她才明白，其實在一開始，她就把自己的後路堵死了。朋友？她本以為朋友和女朋友只有一步之遙，卻不知咫尺天涯的道理，真是聰明反被聰明誤。

她懂事之後第一次見喬裕，是她父親帶著全家北上去喬家拜訪。那年她十三四歲，真正的豆蔻年華。

那天下了很大的雪，她站在喬家客廳的落地窗前，看院子裡正在玩雪打鬧的一對兄妹，哥哥明顯比妹妹大了幾歲，十幾歲的少年五官柔和，眉眼間有一種說不出的溫暖，女孩機靈漂亮，眉眼間和男孩有些像。哥哥明顯在讓著小妹妹，一次次故意地沒有躲開雪球的攻擊，很快身上便積了不少雪，而妹妹身上卻乾乾淨淨，笑嘻嘻地叫二哥。

她轉頭看了一眼自己的幾個哥哥，他們從來不會讓她。薄仲陽便是她的二哥，卻從來不曾這樣對她。

後來，喬柏遠沉著聲音叫了一聲，男孩立刻故作驚恐地和妹妹對視，但眼底都是笑意。他拍了拍自己和妹妹身上的雪，又細心地理了理妹妹的頭髮和衣服，才牽著妹妹的手進了客廳。

剛才還是個活潑靈動的少年，轉眼就謙恭有禮地站在眾人面前打招呼。

他站在幾步之外聽完大人的介紹，笑著對她點頭，「薄季詩妳好，我叫喬裕，我們小時候見過面。」

是啊，薄家舉家南遷之前，他們是鄰居。從那天起，那個叫喬裕的男孩就像那場雪一樣，下進她的心裡。

再遇到他時，竟然是家裡安排的相親。當年的翩翩少年早已長成溫潤儒雅的男人，她看出他的抗拒和不情願，率先開口：「喬裕，其實我們互相都沒那個意思，不過還是吃了飯再走吧，免得你回去不好交代，我也會被罵。」

他想了想便同意了，只是那頓飯她食之無味，因為她說他們互相沒有那個意思時，他沒有反駁。後來漸漸熟絡起來才知道，他並不是看不上她，而是因為他心裡早就有人了。她到底還是晚了一步。

他接到調職令後離開的那天並沒有太多喜悅，後來她送他去機場，他站在航站大樓前，看著天上不斷升降的飛機出神。

她問他在想什麼，他對她說：「有一個人，想起來時，整顆心都是痛的。」

她當時心裡一驚，臉上卻是大大咧咧的笑容，「那就不要想了啊。」

他臉上是她從未見過的寂寥和黯然，連嘴角慣有的那抹笑都染上一絲神傷，輕聲低喃：「不想了？那就連心都沒了。」

那個時候她幡然醒悟，這個男人，她此生無緣了。但是她不甘心，於是努力在他面前維護著自己溫婉大度的形象，希望他終有一天可以看到自己；而他卻一直和她保持著安全距離，禮貌卻疏離。她曾經嘗試過越線，但沒有成功，他在這方面似乎特別謹慎小心，她連一絲絲把柄都抓不到。

溫柔但心有所屬，隨和卻立場堅定，不浮誇不焦躁，看上去永遠是一把溫溫和和的劍，斜斜刺出，殺人於無形，這才是喬裕，溫和儒雅，卻也是招惹不得。他真的是在內心扛住千斤重，表面卻很淡然的人。

其實對於薄季詩的情愫，喬裕多多少少能感覺到，所以面對她時格外小心謹慎，可紀思璿比他想像的要敏感得多。

薄季詩在紀思璿嘲諷的眼神裡努力綻放出一抹笑，毫不失禮，連嘴角的弧度都恰到好處，維持著最後的尊嚴，卻在走出茶水間時看到喬裕站在門口。

喬裕卻沒看她，自始至終都一臉緊張地盯著紀思璿，而紀思璿卻是一副捉到姦情的得意和傲嬌，嘴角那抹意味不明的笑看得喬裕心裡發毛。薄季詩低頭自嘲地笑了笑，薄季詩啊薄季詩，妳當真是無計可施啊。

果然在接下來的一整天裡，紀思璿都無視喬裕的存在，就連喬裕約她晚上一起吃飯都被她拒絕了。她收拾著手邊的繪圖紙，放到收納桶裡，然後抬頭笑吟吟地看向喬裕，隻字不提茶水間的事，只是語氣和笑容都格外平和，「不了，我下午要出去一趟，約了別的男人。」

喬裕大概猜到她是要去見客戶，即便她言辭曖昧也不生氣，反而態度良好地建議道：「那我幫妳帶紀小花吧？」

紀思璿看著他半晌，臉上的笑容忽然加深，「好啊。」

紀思璿下午果然不在，喬裕搔著大喵的下巴問牠：「我帶你去見個人吧？」

說完便拿出手機打電話給喬燁。喬燁那邊有些吵，喬裕感到奇怪，哥最近好像經常出去。

「哥，你不在醫院啊？」

『我約了人談事情，找我有事？』

「沒什麼，就是這兩天沒去看你，打個電話給你。」

喬燁看到紀思璿已經走近，不急不緩地開口：『那我回去了再回你電話。』說完，很快掛了電話。

喬裕放下手機，和大喵大眼瞪小眼半天，「那晚飯只能我們一起吃了。」

大喵喵了一聲，似乎同意了。

喬裕輕歎一口氣，「還好你不會拒絕我。」

紀思璿坐下時，喬燁剛好掛了電話，心裡鬆了口氣，表面上卻不動聲色地道歉：「不好意思，因為我比較趕時間，麻煩紀小姐這麼快趕出來。」

紀思璿把手裡的繪圖紙遞過去，「沒關係，公司接的案子馬上就要動工了，以後就沒有那麼多精力了，我本來也打算趕一趕的，早點交差比較好。」

紀思璿打開電腦，把螢幕轉向喬燁，指著繪圖紙的某一處，「有幾個地方我還是跟您商榷一下，根據您的喜好來設定。」

喬燁喝了口水，「沒關係，妳定吧。」

紀思璿似乎沒遇到過這麼好說話的客戶，愣了一下，「啊？不是打算送給女朋友的嗎？不拿給你女朋友看一下嗎？」

喬燁這才發覺失言，笑著解釋：「我是說，其實我女朋友還在生我的氣。」

喬燁似乎並不介意暴露自己的隱私，紀思璿只能平平淡淡地安慰他一句：「你費了這麼多心思，她會原諒你的。」

喬燁聽了眼睛一亮，「會嗎？如果是妳，妳會嗎？」

紀思璿一直覺得喬燁臉色蒼白、一臉病態，但此刻臉上卻帶著不一樣的光彩，讓她不自覺認真地想了想才回答：「我？還是要看因為什麼吧。」

喬燁看著她，「如果一個男人曾經在妳和其他人、或者事情上沒有選妳，妳會原諒他嗎？」

「當然不會！」紀思璿斬釘截鐵地回答完之後似乎想到了什麼人，垂著眼睛低聲補充了一句，「也許……也會有例外吧。」

喬燁笑了起來，「紀小姐似乎和上次見面時有些不一樣了。」

「是嗎？」紀思璿很快把話題轉回來，指著繪圖紙，「有幾個地方我有做標註，跟您說明一下，這裡，一定要用原木的，還有這裡，這裡要用……」

喬燁忽然轉頭看著紀思璿，這句話他也曾聽一個人強調過。那個時候喬裕也曾指著繪圖紙的一角給他看：『還有啊，這裡，一定要用原木的。』

隻字不差。喬燁忽然間覺得很欣慰。

紀思璿看到他出神，在他眼前擺了擺手，「怎麼了？」

喬燁回神，「沒什麼，妳繼續說。」

後來紀思璿離開的時候，喬燁忽然叫住她：「紀小姐！」

紀思璿轉身，「嗯？」

喬燁似乎有些為難，「我知道這個要求很無理，可是我們以後大概不會再見面了，妳能不能……算了，我們有緣再見吧！」

紀思璿覺得眼前這個謙和有禮的男人很熟悉，她從第一次見面就覺得有些奇怪，但因為這是最後一次見面了，就沒多想，「好，希望天先生的女朋友看到你為她建的房子後，能早點原諒你。」

喬燁笑著道謝，看著紀思璿離開的身影輕聲開口：「妳能不能像喬裕一樣叫我一聲哥，因為我不知道自己還等不等得到喬裕帶妳來見我。」

紀思璿的心結被那個二維碼解開了一半，提案改起來也很快，只不過一切都要重新來過，總還是需要時間。

紀思璿連續熬夜幾天之後終於撐不住，趴在桌上睡著了，喬裕來看她時她睡得正香。他輕手輕腳地撿起地上滑落的毯子幫她蓋上，看了她一會兒，便百無聊賴地左右看了看。

桌上放著剛列印好的繪圖紙，上面還貼了張徐秉君留的紙條，大意是說有幾處需要紀思璿醒來之後改一改。喬裕閒來無事，便打開繪圖紙釘在畫架上看了看，順手拿起鉛筆改了幾處。

紀思璿不知道什麼時候醒了，看著喬裕一臉專注地看著繪圖紙，也沒打擾他，右手撐著腦袋看了一會兒忽然開口：「喬裕，你的筆還在。」

喬裕一驚，手裡的筆掉在地上，滾到紀思璿的腳邊。她撿起來遞過去，「建築師是建築之魂，魂不滅筆不落。」

喬裕伸出去接筆的手一抖，僵在原地半晌才接過來，放到了桌子上的筆筒裡，輕描淡寫地開口：「早忘光了，就是隨便畫兩筆，妳不介意吧？」

紀思璿忽然問：「昨天中午，我們在餐廳吃了什麼？」

喬裕一愣，不知道她為何忽然問這個問題，還是想了想，「糖醋排骨，好像還有……」

紀思璿很快再次開口，一連串的問題根本不給他反應的時間。

「普通混凝土小砌塊的主要規格是多少？」

「390×190×190。」

「6+12A+6 的中空玻璃的中部傳熱係數是多少？」

「2.8。」

「可見光透射比呢？」

「0.71。」

紀思璿問完之後似笑非笑地看著他不說話。

喬裕只是條件反射地回答，那些數字在他的腦子裡，根本不需要去回憶。

「早忘光了，為什麼還記得這些？」

喬裕企圖迴避，「我的記性一向還不錯。」

紀思璿反問：「記性不錯？你連昨天中午吃了什麼都想不起來，卻記得混凝土小砌塊的規格？記得傳熱係數？記得透射比？」

喬裕沉默良久，眉宇間閃過一絲哀傷，「我承認我是有意識地去記，可那又怎麼樣，思璿，我這輩子是不可能成為建築師了。」

紀思璿垂下眼，她也不知道自己這麼做是在逼他什麼，縱然她知道喬裕這輩子不會成為建築師，但當這句話從他自己口中說出來時，她還是覺得難過。

韋忻敲門進來時就看到兩人默默坐著，臉色都有些難看，他自覺來得不是時候，卻還是一臉八卦地走進來，「在吵架啊？」

紀思璿瞪他一眼，「關你什麼事！」

韋忻被嚇得一抖，「我有正事，徐病菌讓我來問問，妳改好了嗎？」

喬裕很快起身，「你們聊，我先失陪。」

喬裕走到門口又回頭看了一眼，對著繪圖紙討論的兩個人讓他想到曾經的自己和紀思璿，想到他們曾經的夢想。他忽然間覺得煩躁，很快走了出來。

徐秉君站在走廊盡頭，對著窗外抽菸，看到喬裕便笑著點了點頭。

喬裕走過去，「能不能給我一根？」

徐秉君沒見過喬裕抽菸，卻也不吃驚，遞了菸和打火機過去。喬裕把菸放到嘴邊，靠近火苗的瞬間頓住，很快把菸拿下來，捏在手裡。

徐秉君看著他的一舉一動，他從沒見過抽菸的男人菸到嘴邊會拿下來。

他忽然開口：「喬部長當初到底為什麼轉行？」

喬裕看著窗外輕描淡寫地開口：「其實也算不上轉行，我也沒有真的入行，只不過大學念的是建築系而已。」

徐秉君沒再追問，卻忽然說起別的：「紀思璿和韋忻當初進入事務所時，我是面試人之一。當時我從走廊上走過，在一堆等待面試的人裡聽到紀思璿正在跟韋忻用中文說話，我就放慢腳步聽了幾句。當時是最終面試，說實話競爭很強，氣氛有些緊張，但那兩個人就坐在那裡嘻嘻哈哈地開玩笑，在一群面容嚴肅的面試者中間尤為顯眼。韋忻瞄了一眼旁邊人準備資料的那張紙，轉過頭故作緊張地開始演：如果面試官問我為什麼選擇建築師這個行業，我怎麼回答啊，我沒準備啊。或許是怕那個白人聽到，所以那時他說的是中文。紀思璿也很配合，低頭想了想，漂亮的眸子裡忽然積聚起滿滿的笑意。當時我覺得這個女孩真的好漂亮，明媚耀眼的那種漂亮。說得誇張一點，我覺得當時整個走廊都亮了很多。」

喬裕跟著笑起來，他可以想像到，她每次惡作劇時都是一臉的古靈精怪。

徐秉君很快開口：「她說：『你知道嗎？建築師這個行業在國內一般會根據姓氏被稱為「×工」，你可以告訴面試官，你想讓越來越多的人叫你「攻」！讓你「攻」的形象深入人心！』韋忻的中文幾年前差勁得很，問她什麼是攻。紀思璿跟他用英文解釋之後，韋忻相當驚喜，後來面試的時候他就真的這麼回答了，還是用中文，當時另一個聽得懂中文，以優雅著稱的法國人當場噴出一口水來。其實我當時比較好奇，這麼漂亮的女孩子為什麼學建築，後來看到她的簡歷才知道，她大學報的第一志願是臨床醫學。女孩子做醫生比做建築師好太多了，面試時便問她為什麼會想轉系。她說，本來要學臨床醫學，可醫學院……」

喬裕看著窗外，輕聲接下去：「醫學院考試那麼難，我想去建築系看看。」

徐秉君並不吃驚，「我就問她，建築學院的考試不難嗎？」

「她說……」徐秉君這次停下來，看著喬裕。

喬裕看著玻璃裡的自己，他似乎從那雙眼睛裡看到了當年那個小女生，她低著頭，眉飛色舞地在一張紙上寫著什麼。

喬裕的眉宇間染上一抹笑意，闔了闔眼，「雖然建築系考試也很難，但是建築系的男生多啊。」

徐秉君別有深意地笑著，「你果然知道，我覺得似乎還應該有一句，喬裕，下一句是什麼？」

「下一句？就算建築系的男生再多，」喬裕轉頭看了一眼辦公室，幾面玻璃之後的那道身影恰好也抬頭看過來，他的眼神深邃篤定，「我也只喜歡你啊。」

紀思璿看著他的嘴一張一闔，神情有些異常，一臉疑惑地看著他，似乎在問他說了什麼。喬裕很快笑著搖了搖頭。

不知道徐秉君有沒有聽懂喬裕在說什麼，他都沒有再問，轉而繼續開口：「你知道的，搞建築的人多半都是沉悶無趣，這兩個人就像是兩個另類，卻成功通過面試進入事務所。後來成為公司顏值和才華兼具的最佳代表，每年靠著他們，公司吸引了好多實習生來當廉價勞工。」

喬裕似乎意識到什麼，看向徐秉君的眼神裡多了些審視，「為什麼跟我說這些？」

徐秉君一臉輕鬆，「就是今晚忽然想起來了，找個人說一說。」

「然後呢？」

「然後，我在想，」徐秉君看著喬裕的眼睛，「如果喬部長當初選擇去做建築師的話，我們可以一決高下。」

一直以來，徐秉君說到紀思璿時用的都是「璿皇」這個稱呼，但今天晚上他自始至終用的都是「紀思璿」。

喬裕恍然大悟，「你……」

徐秉君忽然笑了，食指豎在唇邊，一臉神祕地開口：「噓……」

說完拍拍身上的菸灰，「我要去繼續加班了。」

喬裕看著他的背影出神，原來這個男人對紀思璿是存了這樣的心思。

不知道改了多少遍之後，最終方案終於定下來了，效果圖出來之後，作為外來的和尚，紀思璿心安理得地把繁瑣的流程都扔給喬裕去協調。

薄季詩提出去實地看一下再做決定的提案，謝甯純整天在辦公室裡，無聊了很久，聽說要出去玩立刻興高采烈地去做準備。

很快要開始施工了，度假村離市區太遠，來回跑不方便，喬裕跟兩方商量之後，讓尹和暢在工地和市區的中間位置租了兩棟別墅，一棟辦公，一棟住宿。租下來之後一直是尹和暢負責整理，這次正好一起把工作用具和行李搬過去。

紀思璿正在煩惱開工以後大喵沒地方安置，就接到沈太后的電話，說他們回來了。她如釋重負，當天下午便把大喵送回家，簡單收拾了點行李就準備走了。

她站在門口邊穿鞋邊彙報：「沈太后、老紀，我走嘍，有事打電話給我。」誰知一回頭大喵就跟在她身後，紀思璿皺眉，「你跟著我幹什麼？沈太后回來了，你以後不用跟著我了。」

大喵就這麼看著她。紀思璿想了想，恍然大悟，「你該不會是想跟我去見喬裕吧？你記不記得你姓紀，不姓喬啊！」

沈太后收拾東西的手一頓，抬起頭問：「喬裕是誰？」

紀思璿驚覺失言，賠著笑臉粉飾太平，「沒沒沒，合作對象而已。」

沈太后沒那麼容易被敷衍，「大喵跟他很熟？」

紀思璿下意識地撇清關係，「怎麼會？大喵不喜歡親近人！不熟，一點都不熟！」

沈太后喚了大喵一聲，大喵反常地不動，「那牠老跟著妳幹嘛？」

紀思璿蹲下來使勁地把大喵往沈太后的方向推，「牠大概是捨不得我。」

沈太后一針見血地戳穿她，「可是平時牠連看都不看妳一眼啊。」

紀思璿氣到了，扯住準備逃離現場的紀墨，「爸，你看我媽！」

沈太后一臉危險地笑著，「喲，這是炫耀妳有爸，我沒有了是嗎？」

紀思璿想起已經駕鶴西歸的外公，鬆開扯著紀墨的手緊緊捂住嘴，模糊不清地開口：

「我走了……」

說完打開門逃出去，留下紀墨一臉無辜地舉起雙手，表示自己什麼都沒說。

◇

度假村除了薄季詩一行人沒去過，其他人都去過了，也沒什麼好興奮的，出發時正是午休時間，一車的人都安安靜靜地睡午覺、玩手機。

才出了市區，謝甯純就在座位上大聲嚷嚷：「到前面休息站停一下，我想去洗手間！」

司機從後視鏡看過來，「好的。」

薄季詩看她一眼，「不是出發前才去過嗎？」

謝甯純小聲回答：「我還想去。」

誰知謝甯純一去，很長一段時間都沒回來，睡得迷迷糊糊的人紛紛睜開眼睛問：「怎麼停了？這麼快就到了？」

為了避嫌，紀思璿沒和喬裕坐在一起，她坐在車尾，喬裕和她隔著幾排，跟尹和暢坐在一起。後來車上的人等得著急了。

「司機先生，怎麼還不走啊？」

「不知能不能在晚餐前趕到？」

喬裕低頭吩咐尹和暢下去看一下。

尹和暢很快回來，臉色鐵青地走到薄季詩面前，到底是喬裕教得好，都氣成這樣了還忍著怒氣客氣地問：「薄總，您要不要下去看看？」

薄季詩似乎意識到什麼，很快地點頭收拾電腦，下了車。喬裕低聲問了尹和暢幾句，尹和暢皺著眉說了一句什麼，然後喬裕拍了拍他的肩膀。

喬裕下意識地回頭去看斜後方的紀思璿，紀思璿正挑著眉，一副看戲的模樣朝他幸災樂禍地笑。喬裕無奈地看了她一眼。

尹和暢忽然小聲開口：「喬部長，其實璿皇人滿好的，雖然她也是女孩子，但是從來不會因為自己是女孩子就心安理得地給人添麻煩。」

喬裕樂了，「你不是不太喜歡她嗎？」

尹和暢老實地點頭：「剛開始的確是，我覺得她太招搖了，後來接觸久了就覺得她個性很好，起碼不會……仗勢欺人。還有……」

「還有什麼？」

「還有上次我還聽到她當著很多人的面維護你……」

喬裕還想問什麼，就看到薄季詩攬著謝甯純上了車，謝甯純一臉不情願：「表姊，我不想坐遊覽車，我們自己開車去不行嗎？」

薄季詩最近煩惱也很多，不想和她多囉唆，「坐下，不要說話。」

謝甯純一偏頭，看到尹和暢便衝了過來，刁鑽蠻橫地瞪著他，「小人！」

尹和暢氣急，「我什麼都沒說！」

薄季詩一個眼神過去，謝甯純立刻討好地朝她笑著，回到座位。

韋忻又感歎，轉身看著紀思璿，故意大聲問：「這臉變得夠快啊，璿皇，女人都是這樣嗎？」

紀思璿早就看她不順眼了，千金大小姐的姿態她見得多了，基本上見一次打一次，從不手軟，遂涼涼地開口：「女人才不這樣，家裡的狗狗倒是經常這樣，朝路人吼完之後回頭看主人就是這個感覺。」

事務所的人一向不搭理謝甯純，她再刁蠻無理也不能把他們怎麼樣。喬裕這邊的人卻是早就受夠謝甯純，如果不是因為薄季詩的「和善」和東道主的氣度，早就翻臉了。

喬裕所處的位置其實很尷尬，管吧，會被人說沒有東道主該有的氣度，不管吧，謝甯純仗著是投資方越發過分。現在紀思璿主動攻擊她，眾人也只當什麼都沒聽到，默默在心裡暗爽。

謝甯純明顯聽到了，「妳說誰呢？」

「非得對號入座是嗎？」

徐秉君皺著眉，「姑奶奶，您老人家別再惹事了，行嗎？」

韋忻立刻插科打諢，「快看快看，你猜喬部長會說什麼？」

徐秉君忍不了了，「你的樂趣就只剩這個了是嗎？」

韋忻打了個呵欠，「無聊嘛！」

喬裕置若罔聞，在眾人的注視下一派輕鬆地抬手招呼司機：「大哥，可以開車了！」

「好喔！」車子很快啟動。

韋忻低著頭，拍著大腿猛笑。

才從休息站出發沒多久，謝甯純又嚷嚷：「前面能不能停一下？」

薄季詩直接駁回：「大哥，不用停！」

謝甯純攬著薄季詩的手臂撒嬌，「我這次是真的想去，真的，表姊。」

「懶人屎尿多。」紀思璿睡得迷迷糊糊，不輕不重地說了一句。

她當時說得無意，可很快就遭報應了。

天漸漸黑了，車裡一片昏暗，除了偶爾照進來的車燈，就只剩下手機螢幕的白光。喬裕想看看紀思璿是否睡醒了，便轉頭看了一眼。她似乎醒了很久，一臉焦躁、坐立難安的樣子。

他走了幾步，過去跟她身邊的女孩低聲說：「換一下位子吧。」女孩點點頭便讓開了。

喬裕坐下後低聲問她：「怎麼了？」

紀思璿看他一眼，迅速低下頭，似乎有些煩躁，「沒怎麼！」

喬裕上上下下地打量著她，以為她病了卻又不像，「到底怎麼了？」

紀思璿極快地看他一眼，模糊不清地回答：「我想上洗手間。」

「大的小的？」

「小的。」

她因為不好意思，語速極快又刻意壓低了聲音，但喬裕還是聽到了。有點想笑，又怕她翻臉，使勁忍著笑，「很急嗎？還能不能等一下？」

紀思璿覺得自己的臉丟光了，硬著頭皮用凶悍掩飾自己的羞愧，「不能！」

喬裕才動了一下就立刻被紀思璿攔住。

「你幹嘛？」

「請司機停車啊，下了高速公路，應該可以靠邊停了。」

紀思璿皺著眉生悶氣，「別說，好丟臉！我剛才還說別人屎尿多。」

她巴掌大的臉因為三急之一而皺成一團，顯得格外可愛，喬裕忍不住伸手摸了摸她的臉，「那妳忍得了啊？」

「忍不了！」紀思璿是真的很想去洗手間，但還不忘推開喬裕的手，「我說了，不許占我便宜！」

喬裕看了眼車窗外，這次沒給紀思璿機會阻攔，很快站起身來，「司機先生，我有點暈車，先停一下吧，我下車舒緩一下。不好意思了，各位。」

喬裕的人緣一向好到人神共憤，做什麼都會被原諒，很快就有人幫忙解圍。

「沒事沒事，我也坐累了，下車走走。」

「是啊，我也下車呼吸一下新鮮空氣。」

喬裕沒再去看紀思璿，很快下車。紀思璿也若無其事地站起來，打了個呵欠下車去。兩個人在車旁轉了一下，極有默契地到遊覽車的另一面會合。

紀思璿憋得臉都紅了，也顧不了那麼多，抓著喬裕的手臂問：「哪裡有洗手間啊？」

「這種地方哪裡有洗手間，」喬裕指了指旁邊的一大片田地，「走遠一點，隨便找個地方解決就行了。」

說實話，紀思璿作為女孩，從小到大沒做過這種事情，猶豫著，「這個……不太好吧。」

喬裕看著她調侃道：「喔，我看妳也不是很急嘛，要不然先上車，到那裡就有洗手間了。」說完還裝模作樣地看了看前面的路，「其實也不是很遠，再四十分鐘就到了。」

紀思璿立刻轉身往田地裡走，邊走邊嘀咕：「很急很急，忍不了那麼久。」

喬裕笑了一下，便跟在她身後，打開手機的手電筒幫她照亮路，「小心點啊，別踩到田裡去，別摔跤了。」

走了一段之後，他拉住紀思璿，關了手電筒，「行了，就在這附近吧。」

紀思璿又往裡面挪了幾步，不放心地轉頭，「你幫我看著啊。」

喬裕實在是想笑，憋得五官都有些扭曲了，好在天黑她看不到，「好。」

紀思璿又不放心地囑咐：「你別看喔。」

喬裕無奈，「天這麼黑，我看不見！」

紀思璿走了幾步又停住，「你別站那麼遠啊，過來一點。」

喬裕走近了幾步，「妳怕啊？」

紀思璿立刻惡狠狠地回答：「我不怕！」

喬裕拿這個倔脾氣的女孩真是一點辦法都沒有，歎了口氣，抽下風衣的腰帶，走了幾步把其中一頭塞到她手裡，然後又走開幾步轉過頭去，「妳牽著那頭，我不看。」

很快，喬裕便感覺到腰帶的另一端高度在下降，然後便是窸窸窣窣的聲音。他忍不住抖動雙肩，手裡的腰帶立刻被用力地扯了一下，似乎感覺到她的羞憤，他輕咳一聲：「好了好了，我不笑了，真的不笑了。」

很快又是一陣窸窸窣窣的聲音，緊接著是腳步聲，手裡腰帶的牽扯感漸漸消失，很快紀思璿便把另一頭遞還給他。喬裕忍俊不住，「好了？」

紀思璿臉紅得頭都不敢抬，「嗯。」

喬裕捲了捲腰帶捏在手裡，另一隻手極自然地去牽她的手，「那走吧。」

紀思璿解決了生理問題後開始憂慮，根本沒注意到他正牽著自己，低著頭問：「我是不是挺做作的？」

喬裕使勁忍住笑，一臉正經地點頭，「嗯，知道就好。」

天很黑，她根本看不到他臉上的表情，卻聽出他聲音裡的笑，「你還笑！你就不會說我一點都不做作啊！」

喬裕連做了幾次深呼吸，聲音終於正常：「好好好，妳一點都不做作。」

走了幾步，紀思璿忽然開口：「謝謝你啊，幫我背了黑鍋。」

「謝什麼，那我豈不是要謝謝妳，幫我手底下的人出氣？」

紀思璿看他一眼，「你說什麼？」

「妳知道我的位置尷尬，有些話不好說，妳就幫我說了。其實妳本來沒必要針對謝甯純的，別人看不出來，我怎麼會不明白。」

「胡說八道。」

兩人才走出田地就遇到伸著懶腰的韋忻，韋忻看看兩個人，渾身散發著一股流氓氣質，

「喲，什麼情況？又是野地，又是腰帶的，你們口味好重啊。」

紀思璿面對別人時從來都是霸氣女王，一巴掌揮過去，「滾！」

兩人踏著韋爵爺的「屍體」一前一後上了車，然後若無其事地回到各自的位子上。

第十二章　心慌，且狼狽

我不知道，這樣的我，妳還要不要。

到別墅時天全黑了，好在提前請了廚師，已經做好飯菜等著他們。折騰了大半天，眾人都累了，吃完飯按照提前分好的房間入住。

紀思璿是自己一間房，在二樓。下午在車上睡多了，晚上自然會失眠。她在床上翻來覆去地睡不著。已經到了深秋，夜裡有些涼，她披著毯子準備出去逛逛。

從樓梯下來時，才走了幾步就看到客廳旁邊的工作室燈還亮著，復古的不規則實木長桌，搭配著同款的長椅，長桌正上方的三盞吊燈發出溫馨的橙光，她這個角度只能看到桌上放著的一隻手。

她又往下走了幾個臺階，便看到喬裕正對著電腦看東西，手邊放了個白色的茶杯，極簡單的樣式，但她卻覺得很喜歡。喬裕可能覺得時間晚了，沒人會出來，便換了家居服，鬆鬆垮垮的款式穿在他身上卻有種說不出的好看。紀思璿在心裡輕歎一聲，原來他居家的時候是這個樣子。她站累了便坐在臺階上，又看了一會兒才被喬裕發現。

他抬頭看到她時，先是一愣，很快眼底染上一抹笑意，繼而彎起唇角，整張臉都因為這個弧度而柔和起來。紀思璿忽然想起第一次見到他的時候，他們離得那麼近，如果當時他抬起頭來，肯定會看到她，那個時候的他會不會也這樣對她笑？

喬裕看她目光呆滯地看著自己，笑著朝她招招手：「過來。」

紀思璿很快站起來走了過去，乖乖站在他面前。

「失眠啊？」

「加班啊？」

兩個人同時開口，又同時點頭，對視幾秒鐘後又各自別過頭去笑。

紀思璿探頭看了一眼電腦螢幕，螢幕上的資料有顯眼的紅色印記，桌上的文件袋上也蓋了個紅色的印戳，這大概是機密文件吧？喬裕也沒有遮掩的意思，眼角始終帶了抹笑意，「想看啊？」

紀思璿癟癟嘴，搖頭。

喬裕坐著沒動，「想看就看啊。」

紀思璿知道輕重，搖搖頭，轉過身去。

下一秒就驚呼一聲，原來喬裕身後的那面牆是一面書牆，挑高的嵌入式書櫃上擺滿了書。恰好旁邊放了梯子，她想也沒想便扔掉毯子爬上去。喬裕嚇了一跳，很快站起來去幫她扶梯子。

她也不怕摔下來，就這麼坐在梯子的頂端看著面前的一排書，一臉興奮地開口：「喬裕喬裕，我前幾天接的案子也是個別墅，主人也設計了一面書牆，讓我改成挑高的了，不知道等裝修好了有沒有機會去看一看。現在好多人不願意做這個了，可是我很喜歡，大概是兩年前吧，我在國外還做過一個，跟這個不太一樣，那個是……」

喬裕很久沒見到她這麼高興了，像個孩子一樣，笑著看她張牙舞爪地比劃。

她動作越來越大，喬裕一直提著一顆心怕她摔下來，卻也不想掃她的興讓她下來，就這麼一直仰著頭看著她，隨時準備接住她。好在紀思璿說了一會兒就停了下來，順手抽了本書又爬下來，撿起毯子乖乖坐在他旁邊，準備開始看書。

喬裕收好了梯子才重新坐下，紀思璿歪頭看他，「我打擾到你了嗎？」

喬裕搖搖頭，「沒有，我就快結束了。」

其實沒有，他之前因為她的關係，放了太多的時間和精力在度假村的專案上，手裡其他案子只能加班來做了。

「喔。」紀思璿不再說話，低頭看書，她本來是看這本書的封面還不錯，但翻了幾頁之後才發現，裡面全是一些看不懂的圖和不知道是什麼語的外文。

她走馬看花般很快翻了一遍，然後隨手扔到一邊，雙手墊在下巴上趴到桌子上出神。

喬裕看了眼那本被嫌棄的書，又看看她，「怎麼了？」

紀思璿有氣無力地回答：「一點意思都沒有。」

喬裕看了眼對面牆上的時鐘，已經快兩點了，他往後撤了撤身體，拍拍自己的腿，「躺下。」

紀思璿猶豫了一下，很快抱著毯子躺了過去，閉上眼睛。長椅的好處便在於此，她整個身體都有支撐，不用費力去找著力點。

她感覺到喬裕歪著身子，好像在她身後的書架上找什麼東西，很快又轉回來，滿意地自言自語著：「啊！這本好。我記得念書時，一上這種課妳很快就會睡著。」

然後便是翻書的聲音，紀思璿以為他會講故事給她聽，誰知她一睜眼便看到書皮，以及書皮上很醒目、很有名的一句標語。

她反駁道：「那是因為那個老師總是一字不漏地照本宣科好嗎？又不是只有我一個人睡著，那個老師是有名的催眠師，他的課是大家公認的補眠課，又不是只有我一個人那樣！」

喬裕沒理會她的反對，隨便翻了一頁開始讀。紀思璿閉著眼睛，聽著那些熟悉又陌生的片語，忽然覺得挺有意思的。夜已深，他的聲音刻意放緩放輕，低沉悠揚，紀思璿漸漸放鬆下來，果然有幾分催眠效果。她放在毯子裡的手忽然動了動，憑著記憶找到了錄音功能，悄無聲息地錄起音。

喬裕念了一會兒忽然停住，「我們剛分開的那兩年，我也會睡不著。」

「嗯……」

「睡不著的時候，我就會看以前大學時的課本，會發現很多小驚喜。」

「嗯……」

「思璿？」

「嗯……」

「妳原諒我了嗎？」

屋內忽然安靜下來，兩個人似乎連呼吸都刻意放輕放緩，過了很久，紀思璿才閉著眼睛回答，一向清脆的聲音裡夾雜著無助和彷徨。

「我不知道。喬裕，我真的不知道。」

喬裕安撫地拍了拍她，「睡吧。」

紀思璿很快便睡著了，喬裕抱起她準備送她回房間時，她不自覺地往他懷裡鑽了鑽，他低頭看著她笑了。

第二天，紀思璿醒來時，發現自己已經回到房間，愣了幾秒鐘才反應過來，洗漱後下了樓，已經有人極其「賢妻良母」地準備好了早餐，一群人圍著餐桌誇讚不已。

紀思璿才坐下就有人挑釁。

謝甯純一改往日的針鋒相對，笑吟吟地招呼紀思璿：「璿皇快嘗嘗，我表姊的手藝超好！」紀思璿很配合地低頭吃起來。

謝甯純看了眼喬裕才意有所指地繼續開口：「怎麼樣，是不是很好吃？老一輩的都說，想抓住一個男人的心就要先抓住他的胃，璿皇，聽說妳不會做飯？」

紀思璿本來起床氣就重，再加上昨晚失眠，還有此刻對方用的嘲笑語氣，她是不會做飯啊，這有什麼丟臉的。

紀思璿沒惱，勾唇一笑，「如果妳真是這麼認為的話，那我明確地告訴妳，妳的手位置放太高高了。要不要把手往下抓一下試試？」

眾人愕然，而後默默伸出大拇指。

破土動工那天，熱鬧非凡又兵荒馬亂，來了不少的高官和媒體，對於這種事，紀思璿和韋忻一向能躲多遠就躲多遠，留下徐秉君撐場面，極有默契地分頭跑了。

罕見的是薄季詩竟然也不在，薄氏的代表是個和喬裕年紀相仿的男人，也姓薄，看樣子和喬裕也很熟悉。紀思璿出來時發現鎮上有很多人來圍觀，她在人群裡看到熟悉的少年，便走過去和他說話。

喬裕急匆匆地來找紀思璿時，她剛送少年離開。

他捏著車鑰匙，領帶扯得亂七八糟，「我妹妹要生了，我要回市區看她。」

紀思璿想起那個和他眉眼相似的女人笑道：「快去吧！終於做舅舅了。」

喬裕走了幾步轉頭問：「妳要不要一起去？」

紀思璿看了看周圍，「算了，她本來也不喜歡我，而且我也得看著這裡，以後有機會再去看她吧。」

◇

喬裕趕到醫院時，喬樂曦已經生了，病床邊圍了一群人，看著這對可愛的龍鳳胎。江聖卓的父母正高興地打電話給孩子的曾祖父報告，喬柏遠大概也正在打電話給樂老爺子，三個老人興奮得像三個孩子。

喬裕笑著走過去打招呼，穿著病患服的喬燁立刻抱著懷裡的孩子給他看，「都說外甥像舅舅，你看他長得像你還是像我？」

喬裕低頭去看他懷裡的男孩，又去看了看江聖卓懷裡的女孩，「都還沒長完全呢，哪裡看得出來。」

喬裕笑著看向靠在病床上的妹妹，「還好吧？」

喬樂曦是順產，除了有些虛弱外並沒什麼不舒服，點點頭，「還好。」

喬裕真心替她高興，「這下真的是做媽媽了，以後別沒輕沒重地胡鬧了。」

「知道啦！」喬樂曦吐吐舌頭。

喬裕用手指輕輕摩挲著孩子的小臉，「名字取好了嗎？」

江聖卓的父母恰好掛了電話，看著喬柏遠，「請外公取吧！」

喬柏遠推辭，「那怎麼行，請孩子的曾祖父取吧。」

「還是孩子的曾外祖父取呢？」

「孩子的爺爺奶奶取吧！」

「不行不行，還是……」

三位長輩推辭來推辭去，可見是真的高興，連一向嚴肅的喬柏遠臉上都堆滿了笑容。喬燁更不用說，從知道喬樂曦懷孕那天起就盼著這一天。

喬裕忽然抬頭看了看喬樂曦和江聖卓，兄妹倆極有默契，喬樂曦和江聖卓對視一眼後很快開口：「我想請我大哥取。」

說完看向喬燁，笑著開口：「大哥，你來取好不好？」

喬燁一愣，苦笑著搖頭，「算了，還那麼多長輩呢。」

江聖卓的父親一臉贊同，「我也覺得你來取比較好，就這麼決定吧。」

喬燁知道他們的心意，也就沒推辭。

一群人正討論得熱鬧，喬裕一回頭，便看到靠在病房門口，一身白衣的溫少卿，笑著走過去，兩個人一起走出病房。喬裕似乎很久沒見到他了，「你怎麼過來了？」

溫少卿開著玩笑：「過來道喜啊，好歹當年江聖卓和你妹妹在一起的事情，我還是助攻手呢！」

喬裕想起當年的事情笑起來，「那怎麼不進去？」

溫少卿忽然一臉正色地看著他，「其實我是來找你的。」

溫少卿和喬裕並肩站在窗前，看著漸漸發黃飄落的樹葉，「有新生命出生，就會有老生命凋零，這是自然規律。喬裕，冬天快到了，你做好心理準備了嗎？」

喬裕忽然收起笑容，垂著眼睛，臉上倒也看不出什麼。當時他和喬燁的主治醫生談過，主治醫生說如果熬得過這個冬天，或許還有機會到明年春天，但如果熬不過這個冬天，也已經算是奇跡。

溫少卿並不催他，過了很久，才聽到他的回答──「我大概是……永遠都做不好這個準備了。」

後來喬樂曦累了，一群人便走出病房，江父江母回了家，喬柏遠站在病房門前和喬燁說了一會兒也走了。喬燁站在幾步之外，等著喬裕送他回病房，他好像對取名字一事很緊張，「你說用什麼字比較好呢？是兩個字好還是三個字好？」

喬裕腳下慢了兩步，低頭看著斜前方的喬燁，忽然伸手去握住他越來越瘦的手，「哥，我還記得小時候你牽著我的手，一起去上學。」

喬燁嚇了一跳，很快笑起來，「是啊，那時候你的手還那麼小，一轉眼我們都長大了，結婚生子的事情竟然都讓那個小丫頭搶先了。」

喬裕不想惹他傷感，笑著低下頭去遮掩眼底的情緒。喬裕送喬燁回病房後便一直不肯走，直到喬燁把他趕出來。

「你不忙嗎？你老待在我這裡幹什麼，快走快走！」

喬裕才被趕出病房，手機就響了起來，他接起來聽著聽著臉色忽然沉了下來，電話還沒掛便大步往外走。

◇

紀思璿忙了一整個上午，快吃午飯時才結束，她看了一眼手機，什麼提醒都沒有。尹和暢找的廚師手藝很好，午飯時一群人圍著餐桌瘋狂誇讚廚師。四十幾歲，高頭馬大的男人臉紅得像個蘋果，抓著頭不好意思地看著他們。

後來不知道是誰把電視機打開了，隨意換著頻道，換了幾下後忽然停住，全都安靜下來，紀思璿不知道發生了什麼事，抬頭去看。

電視螢幕上，喬裕的西裝外套披在薄季詩身上，一手拉著滿身狼狽的薄季詩往前走，一手去擋鏡頭，襯衫袖口的那顆袖釦格外刺眼。眾人看完以後整齊地看向紀思璿，紀思璿慢條斯理地繼續吃飯，似乎什麼也沒聽見、什麼也沒看見，一切如常。

被盯久了，紀思璿也生氣了，扔下筷子面無表情地問：「都吃飽了？吃飽了就去工作！」說完站起來走回辦公室。

韋忻聽著怒氣沖沖的某道聲音，幸災樂禍地起鬨：「哎呀，後院起火了。」

整整一個下午，整個工作室都籠罩在低氣壓下，快下班時，有人小心翼翼地敲門進來：「璿皇，一起去吃飯吧！」

紀思璿頭都沒抬：「你們先走吧，我晚上加點班。」幾個人你看看我、我看看你，神色怪異，很快離開。徐秉君和韋忻交換了個眼神，也走了。

喬裕回來時已經九點多了，本來一群人在一樓嘻嘻哈哈地看電視，看到喬裕進來時笑容僵在臉上，半晌才想起來要打招呼。喬裕掃了一圈，「你們組長呢？」

「璿皇說要留在工作室加班，今晚不回來了。」

喬裕無視眾人看他的不正常眼神，轉身跟尹和暢要鑰匙，「我出去一趟，明早我自己過去，你送他們就行了。」

工作室和住宿的兩棟別墅離得不近也不遠，開車不過五分鐘，喬裕卻覺得五分鐘的車程比平時長了不知多少倍。

屋裡只留了一盞檯燈，紀思璿捧著茶杯靠在桌子前，眼神直直地看向窗外的一片漆黑，不知道在想什麼。後來站累了，便進去裡面的休息室，和衣躺下。

整個工作室靜悄悄的，不知道過了多久，忽然響起腳步聲。腳步聲越來越近，紀思璿的第一個反應竟然是裝睡。她認得這個腳步聲，是喬裕。

喬裕進來後沒開燈，在壁燈微弱朦朧的燈光裡輕手輕腳地幫她蓋上被子，才收手就看到她猛地睜開眼睛看他。喬裕嚇了一跳，很快回神，「吵醒妳了？吃晚飯了嗎？」

他彎著腰，姿勢有些怪異，她就這麼靜靜地看著他，烏黑漂亮的眸子裡看不出任何情緒。無論喬裕問什麼，紀思璿都不回答，只是盯著他看，從他俊逸柔和的眉眼看到線條清晰漂亮的下巴，垂下眼眸想了幾秒鐘又重新去看他。

在橙色朦朧的光暈裡，他的眼神柔和溫暖，可她的眼裡卻始終不帶溫度。

後來喬裕乾脆坐在床邊，沉吟半晌主動交代：「薄季詩和我，是當初兩家都認識的一位長輩牽的線，我沒同意，薄季詩也沒有同意。只不過因為兩家逼得緊，就互相掩護一下，更何況她當初主動說對我沒有那個意思，我也就沒多想。那個時候，我沒想到妳會回來，想著既然不是妳，和誰在一起都沒有分別。她在薄家一向被打壓，今天也是中了她哥哥們的計，我在南方時她幫過我，於情於理我今天都不能袖手旁觀。」

紀思璿終於開口，冷冰冰的語氣讓喬裕心頭一跳。「你沒想過我會回來，所以，你也沒想過要去找我，對嗎？」她在意的從來都不是別人，她在意的是喬裕的態度。

不知是停電還是保險絲斷了，檯燈忽然滅了，屋裡也冷了下來。

喬裕看不到紀思璿的表情，只能聽到她的聲音不帶一絲情緒地緩緩響起：「喬裕，我剛才一直在想，我們之間，一直以來，從大學到現在，是不是一直都是我在強求？也許，你並不愛我，你和誰在一起都是一樣的，也包括我。」

紀思璿等了半天，還是沒有動靜，又過了一會兒，身邊的人站了起來，然後腳步聲響起。喬裕走了。

紀思璿皺著眉捶了一下床，用力過猛了？不對啊，當年他也沒被嚇走，這些年怎麼不僅沒長進，還退化了？還是這招用多了，所以免疫了？可是算上這次，她也就用了兩次啊！而且這次她可是真情流露！

她趴在床上發呆發了半天，感覺餓得受不了，才邊後悔邊起來——以後一定要吃飽了再戰鬥，不然中途饑餓值上升，太影響戰鬥力了。

才一動，緊急照明燈的亮光突然亮了起來，光源的盡頭就在那個男人手裡。他靠在門邊好整以暇地看著她，一手拎著緊急照明燈，還極貼心地選擇了一個不會閃瞎她的角度，另一隻手裡拎著兩個便當盒。

紀思璿坐起來，看了他半晌才想起要說話：「你……你不是走了嗎？」

喬裕把緊急照明燈和便當盒放到桌上，「餓了吧，起來吃點東西。」

紀思璿是屬鴨子的，嘴硬起來連沈太后都沒轍，「我不餓！」

喬裕微微皺著眉，唇角卻噙著一抹笑意，看著她有些好笑地開口：「我說，紀思璿，妳是不是吃醋了？」

紀思璿愣了一下，隨即一抹冷漠出現在眼底，企圖掩蓋那不易察覺的羞赧，譏誚道：「因為你？」

喬裕也不生氣，朝她伸出手，輕聲開口：「過來，吃飯。」

紀思璿坐在床上沒有要動的跡象，不是因為別的，而是因為他的一句話。

空氣中散發著食物的清香，有些刺眼的白色燈光裡，那個男人眉目沉靜，語氣溫柔和緩，還帶了點對鬧脾氣小孩的誘哄，讓她瞬間失去反擊的能力，甚至臉上那搖搖欲墜的冷漠也支撐不下去了。

紀思璿捂住臉深吸一口氣，再一次認命，很快站起來走到桌邊坐下，開始吃碗裡的東西。

「你剛才出去買的？」

「不是，回來的路上正好碰到，想到妳喜歡吃，就打包了一份。回來時妳不在，我就順手放在別墅那邊的冰箱裡了，剛才回去用微波爐熱了一下才拿過來的。」

「喔。」

紀思璿安安靜靜地吃著，喬裕也一直沒說話，似乎在等著什麼。就在紀思璿吃完放下筷子時，喬裕忽然深吸一口氣，似乎鼓起很大的勇氣下定決心。

在紀思璿準備站起來，椅子與地面摩擦，發出第一聲輕響時，她終於聽到喬裕的聲音，於是又坐了回去。

「其實那時候，我去找過妳，在妳出國的第三年。那年正好出國訪問，只不過不是去妳在的那個城市，但也不遠，不過幾個小時的車程。剛開始我並不確定該不該去找妳，不知道如果去了能不能見到妳，如果見到了要和妳說什麼……儘管有那麼多的不確定，在工作提前一天結束時，我還是決定去了。」

喬裕安安靜靜地坐在陰影裡，垂著眼睛，語氣平和得像是在敘述別人的故事，但說到這裡，聲線忽然清冽低沉下來，似乎還帶著不易察覺的顫抖。

「那所學校跟我在網路上看到的一樣，但也不太一樣。當時也不知道走到哪裡了，看到圖書館就走進去。從一排排的書架前走過，後來停在一排書前，隨手抽了一本出來，隨手翻了幾頁，然後在書後的借閱卡上看到了妳的名字。『紀思璿』三個中文字夾在一堆英文字母裡尤為顯眼，是妳的筆跡。下一秒我便扔下書落荒而逃，心慌，且狼狽。」

喬裕輕輕吐出一口氣，似乎陷在回憶裡不可自拔，過了半晌收拾好情緒才再次開口：

「那所學校……曾經是我的夢想。我從踏上那片土地開始，就有些恐慌，想要逃離那裡，卻又強逼著自己走進去。而『紀思璿』這三個字的出現就像是致命一擊，讓我徹底崩潰。我在學校裡來來回回走了很久，對人生的無奈、對夢想的遺憾、對妳的愧疚，一瞬間席捲而來，就像是曾經一直追求的東西，現在我再也沒有資格去擁有。」

紀思璿放在腿邊的雙手微微顫抖地緊握成拳頭，不敢抬眼看他。

喬裕終於抬眸看著她，眼底情緒複雜，帶著那麼多的不確定和彷徨，輕聲問：「我不是沒想過要去找妳，而是那件事讓我覺得……自卑。我不敢去找妳，因為我不知道……」

喬裕頓了一下，似乎已經用盡了全身的力氣才說出口：「我不知道，這樣的我，妳還要不要。」

這個被外界譽為最年輕、最有前途的政壇新貴，這個在眾人面前自信優雅的男人，此刻卻坐在自己面前，垂著眼簾，像個無助的孩子，把他埋藏在心底最深處的自卑與卑微，一刀一刀地挖出來，捧到她面前給她看。

喬裕說完之後，陷入靜默與深思中。

紀思璿靜靜地看著他，若是換成別人，她大可冷嘲熱諷地繼續補刀——這一切都是你自己選的，你有什麼好難過的？

然而，面對眼前這個男人，她卻連一句嘲諷的話都說不出來。紀思璿張了張嘴想要說點什麼，還沒出聲就看到了碗裡的漣漪，淚水極快地從臉頰滑落。

第二天紀思璿醒來時，還是覺得很悶，又有些恨鐵不成鋼，憑什麼他輕輕鬆鬆的幾句話她就原諒他了啊。

早上到工作室之後，她又看到桌上堆放的雜誌報紙，不知是誰這麼貼心，報紙雜誌一字排開，封面幾乎都是喬裕和薄季詩的照片。

昨天的事情一出，緋聞滿天飛。紀思璿再次被激怒，導致早上開會時，她直接各種不給面子又不配合。

今天是視訊會議，視訊那端是施工方的團隊，還有喬裕上面的主管，重要性不言而喻，就連一向天不怕地不怕的韋忻都慌了，紀思璿的衣袖都快被他扯壞了，但紀思璿卻無動於衷。

萬一喬裕的上司生氣了，怕是連喬裕都沒辦法粉飾太平，鬧到總部去是理所當然，韋忻覺得這次他們真的可以打包滾蛋了。無論喬裕提什麼建議，紀思璿總有理由反對，連一向溫文儒雅的喬裕都冷下臉來，兩軍一時之間進入對峙狀態，連視訊那端都安靜下來，喬裕的手機響了幾次都被他掛斷了。

過了一會兒，有人敲門進來，「喬部長，薄小姐的電話接不接？」

紀思璿陰陽怪氣地開口：「快接吧！恐怕是等著你去救命呢！」

喬裕的臉黑得更徹底了，很快抬手關掉視訊連線，看著會議室內的人：「你們都先出去，麻煩紀思璿留下來。尹祕書打電話通知參加視訊會議的人員說我們這裡收訊不好，網路斷了，視訊會議改到明天。」

會議室很快只剩下兩個人，紀思璿帶著幾分不屑、幾分嘲諷地看著喬裕，她倒要看看這次他又要說什麼鬼話。喬裕一臉冷峻地和她對視，難得在她面前有部長的樣子，一開口，平日裡溫和的聲線都帶著幾分冷冽，「妳知不知道今天的會議有多重要？」

紀思璿完全不為所動，輕描淡寫地回了兩個字：「知道。」

喬裕立刻皺起眉，「妳知不知道，妳說的話被視訊那邊的人聽到了，他們會怎麼看妳？」

紀思璿根本不在意別人怎麼看她，「知道。」

她滿不在乎的態度讓喬裕說了重話：「知道妳還這麼沒分寸？這些年妳在國外就是對工作這麼沒輕沒重的？」

紀思璿猛地抬頭看他，漂亮精緻的下巴此刻線條鋒利，她緩緩開口：「我學到了什麼，不勞喬！部！長！掛心！我這種平民百姓是不比薄家大小姐知書達理識大體。」

喬裕也被激怒，「這就是妳的專業態度？」

這句話一出口喬裕就後悔了，果然紀思璿已經收拾東西站了起來，一口一聲喬部長，叫得喬裕心驚肉跳，偏偏臉上還掛上詭異的笑，「既然喬部長對我不滿意，就請跟總部聯繫，換個讓喬部長滿意的人來，本來就是雙向選擇，既然雙方都不滿意，我也沒有留下來的必要。」說完站起來打開門準備出去，門卻被喬裕大力按了回去。

紀思璿火大了，猛地揮開喬裕的手臂要重新開門，喬裕自然不肯，出手阻攔。

他怕傷到她，不敢使出全力，而她偏偏用盡全身力氣來對付他，似乎把他當成敵人，低頭一臉委屈地使勁推開他的鉗制：「你走開，你根本就不是喬裕，喬裕才不會這麼對我……」

最後喬裕沒辦法，一手鉗住她的手腕把她壓在門上，另一隻手捏著她的下巴，逼她和自己對視。

一向溫文儒雅的喬裕此刻氣得咬牙切齒，「紀思璿，我是不是對妳太溫柔了，讓妳覺得我不是個男人！」

紀思璿一臉倔強和憤怒，眼底卻漸漸起了霧氣，「放手！」

喬裕一看到她紅了眼眶就已經心軟，卻逼自己強硬下去，「我只說一遍，妳記清楚了。紀思璿，妳對我而言，從來都和別人不一樣。當初我沒有選擇和妳一起出國，那並不代表妳不重要。『我愛妳』這種話我從來沒說過，但並不代表我不會做。我承認我沒想過要去找妳回來，那是因為我不知道妳還願不願意回來。我是說過除了妳，和誰在一起都一樣，可那並不代表我和別人在一起過。這些年我和妳斷了聯繫，那是因為我怕耽誤妳，如果有個更好的人可以照顧好妳，我願意放手。可是妳現在回來了，我為什麼要放手？」

他難得如此強勢，一貫溫和如玉的眉眼此刻竟帶著幾分凜冽，這個樣子的喬裕是她從未見過的，一時之間忘了反抗，烏黑嫵媚的眼睛裡滿是訝異，「你……你什麼時候開始會說這種話了？」

喬裕一向對她都是寵愛卻不溺愛，該寵的寵，好到無止無盡；該訓的訓，一點商量的餘地也沒有。紀思璿一向居高自傲，也難得有個人說話她會聽。當年如此，現在也是如此。

徐秉君早上去了趟工地，趕回來開會時就看到一群人站在門邊偷聽。他走近後問：「怎麼了？開完會了？都站在這裡幹什麼？」

韋忻知道事情鬧大了，心虛地看了他一眼，「喬部和璿皇在裡面……好像在吵架。」

徐秉君立刻氣得跳腳，「喬裕怎麼說都是一半的客戶吧？你知不知道客戶就是上帝啊？」

韋忻忙不迭似地點頭，「知道。」

徐秉君恨不得一巴掌拍死他，「知道，你還不攔住！」

韋忻悻悻然地說：「一個是上帝，一個是璿皇，諸神之戰，我一介草民豈敢參與？」

「……」

眾人笑噴。

韋忻有些擔心地問：「到目前為止，你還沒接到總部的電話吧？」

徐秉君搖頭，「沒有啊，怎麼了？」

韋忻把早上的事情大概說了說，然後安慰徐秉君：「如果總部讓我們收拾東西滾回去，你千萬別驚訝，老年人，情緒波動太大對身體不好。」

徐秉君聽了之後覺得不對勁，「不對啊，我回來的路上有進去看視訊會議，根本什麼都沒聽到，什麼都看不到，後來尹祕書打電話跟我說訊號不好，網路斷了後我才退出來。」

眾人一臉奇怪地看著他，徐秉君似乎也意識到了什麼，看向韋忻。韋忻這下終於放心，一掃剛才的鬱悶笑了起來。

會議室的門忽然打開，紀思璿率先出來，目不斜視地從眾人面前走過。過了一會兒，喬裕才出來，神色如常地跟眾人打招呼，讓大家都去忙，然後才回辦公室。

等他走遠了，事務所的人一整群湧進紀思璿的辦公室，紀思璿正在收拾東西。徐秉君目瞪口呆地看著她，「妳要幹嘛？」

紀思璿看他一眼：「收拾東西，準備回去辦離職手續啊。」

「嘖嘖嘖！」韋忻把紙箱裡的東西又一件件拿出來，擺回原位，「別忙了，璿皇啊，我覺得妳上輩子肯定什麼都沒做，就只顧著踩狗屎了，這輩子才有運氣遇上喬部長。」

紀思璿一臉莫名其妙，「什麼意思？」

徐秉君開口解釋：「好像他一開始就察覺到妳不對勁，之後就按了靜音鍵關了攝影機，視訊的另一方什麼都沒聽到，什麼都沒看到。」

過了幾秒鐘紀思璿才反應過來，更是心頭一把火。又被他耍了！

喬裕回辦公室後叫了尹和暢進來，他坐在辦公桌後面看著尹和暢也不說話。時間一分一秒地過去，尹和暢的後背漸漸開始冒冷汗，受不了壓力主動交代：「喬部長對不起，不是我要說的，是喬部長一直問我，我真的沒亂說話，我只是告訴他璿皇回來了，其他的我都沒有說……」

喬裕頭痛得厲害：「你在說什麼亂七八糟的……」

尹和暢解釋了一下：「是那個喬部長，您哥哥……」

喬裕這才聽懂，「我不是說這件事，說了就說了，沒什麼大不了的。剛才會議室裡有人來說薄季詩打電話給我，那人是你下面的人？」

尹和暢點頭。

喬裕想也沒想就做了決定，「讓她走人。」

「……」尹和暢不明白這是為什麼。

「就算是你也不敢在我開會時，在大庭廣眾之下告訴我誰打電話找我吧？薄季詩的手都伸到我這裡來了，你都沒發現？尹祕書，我妹妹的事情，我不希望再發生在紀思璿身上。」

喬裕每次稱呼他為「尹祕書」時就代表喬部長很生氣，後果很嚴重。幾年前喬樂曦被人陷害，在繪圖紙上動了手腳，導致她遠走異國，這件事是喬裕的地雷，尹和暢自然知道事情的嚴重性，馬上答應，馬上去辦了。

「還有這些，」喬裕點了點桌上的報紙雜誌，「也去處理一下。」

喬裕這些年真的可以被貼上「清心寡欲」四個字，作為零緋聞的超級鑽石單身漢突然破了戒，在第一時間就收到來自各方的「賀電」。不了解真實狀況的紛紛祝賀，他一個個解釋了；了解真實情況的紛紛幸災樂禍，他一個個還擊回去。

就連樂老爺子都樂呵呵地打電話給他，誇獎他動作快。喬裕無奈地解釋自己確實有行動的對象，卻不是薄季詩，結果被樂老爺子以「既然不是，還鬧了這麼大一齣戲出來」的罪名，把他罵了個狗血淋頭。

薄仲陽參加完動工儀式準備回南方時，特意叫喬裕去送機，不知道是打算祝賀還是幸災樂禍。喬裕到了飯店，找到薄仲陽的房間。離登機的時間還早，薄仲陽正坐在沙發上看新聞。看到喬裕進來，立刻一臉壞笑地叫他過去看。

又是那個新聞，鏡頭裡的薄季詩被他擋在身後，臉上沒有一絲表情，不見驚慌不見恐懼，似乎早已預見一切。

薄仲陽看了喬裕一眼，「度假村的案子是她放棄好幾個小案子換來的，跟了這麼久，終於到了露臉的時候。你以為她今天為什麼不出席動工儀式，而是去出席一個什麼小到不能再小的新店開幕剪綵儀式？幾天前，她就打電話回去讓我父親派我來代她出席動工儀式，明顯就是知道那天會出事。人是她雇的，潑油漆、砸雞蛋的戲碼也是她提前安排好的，她自編自導自演了一齣戲，還把罪名推到別人身上，以進為退、裝無辜、扮柔弱、博取同情一向是她最擅長的戲碼，我不相信你看不出來。一年前她手裡有個大專案，為了衝利潤讓資料好看，她背地裡用了劣質的材料，現在問題爆出來了。今天她就是為了和你鬧緋聞來轉移大眾的注意力，你為什麼還要去？喬裕，你這個人就是太善良了。」

喬裕一臉平靜，「是，我都知道。我不是善良，是不想再欠她什麼，我會跟她說清楚，這次幫了她，我們就誰也不欠誰了。」

「不用了，我已經聽得很清楚了。」薄季詩忽然推門進來，看著薄仲陽，「爸爸叫我跟你一起回去。」

薄仲陽聳聳肩，「你隨意啊。」然後站起來拍了拍喬裕的肩膀走了出去，把地方留給兩個人。

薄季詩的臉上再也不見平日裡的溫婉可人，而是面無表情地看著喬裕，喬裕也毫不閃躲地回視。

薄季詩冷笑一聲：「喬裕，其實有的時候，我覺得你非常可怕，根本不敢面對你。你知道嗎？你身上有一種特殊的氣場，心如明鏡、看得透一切，但臉上永遠都淡然地笑著，你不是看不清我的用心，卻依舊可以對我笑，就像看到那些讓你厭惡的人和事還可以笑出來。我本以為你就是這樣子，對所有的人都是微微笑著的模樣，可後來我才知道你對別人笑並不代表什麼，你真正溫柔對待的只有紀思璿。你的溫柔、你的隱忍、你的情不自禁、你的孩子氣，唯獨只對她。」

喬裕關了電視機站起來，「事情沒有妳想的那麼糟糕，我們還是朋友。妳準備一下，一會兒我送仲陽和妳去機場。」

說完他打算離開，走了幾步去開門，薄季詩忽然開口阻止他：「不要開！外面都是記者，如果被他們拍到我們倆從房間裡走出去，寫出來的東西有多難聽，你不會不知道。」

喬裕轉頭看著她，一臉的平靜。薄季詩默默和他對視，然後便看到他毫不猶豫地把手放在門把上，輕輕一按，門開了。

走廊裡空無一人。

薄季詩低下頭苦笑：「喬裕，我真的是敗給你了，你真的是一點機會都不給我。但凡你剛剛有一絲猶豫，我就有了你的把柄，你就真的這麼坦蕩嗎？」

喬裕走出去站在門外，從門緩緩關閉的空隙裡，看著薄季詩的眼睛輕聲開口：「一個男人對一個女人最大的誠意就是乾淨。而且我相信妳，相信妳的本性還是善良的。」

第十三章　從未流逝的時光

何以致區區？耳中雙明珠。

紀思璿下了班吃完飯就在客廳裡耍廢，到最後抱著電腦上網，喬裕和薄季詩的那條新聞早已不見蹤影，鋪天蓋地而來的熱門新聞是一位知名演員結婚的喜訊。

紀思璿關掉網頁，開始把電腦裡近期的繪圖文件歸類存檔，結束時在硬碟的角落裡看到一個資料夾，她忽然頓住，滑鼠點在資料夾上久久不動。後來她還是輸入密碼打開資料夾，裡面是六個資料夾，名字恰好是六個年分。她點開第三個資料夾，很快便找到想找的資料，是幾篇新聞報導和幾個影片檔。

喬裕沒有說謊，那一年他確實去了離她所在城市不遠的另一座城市訪問，時間對得上，地點也對得上。

她從來沒仔細看過，連點開都沒點開過，只是機械式地收集而已，這些年她第一次有勇氣打開看。當時是個訪問團，他站在一群青年才俊中其實並不顯眼，卻無法忽視他的存在。

他或是隨著人群從鏡頭前信步走過，或是坐在偌大的會議廳裡頷首聆聽，偶爾發現鏡頭對著他時，便看向鏡頭，不慌不忙地微笑。後來國外記者採訪接待訪問團的負責人，問到訪問團裡他個人最喜歡哪一位，那個中年白人男人很快給出答案——喬裕。

他說喬裕看上去沒什麼特別，卻又讓人覺得很特別。還說喬裕不想被人注意時可以完全隱藏在人群中，想被人注意到的時候，任何人都遮擋不住他的耀眼光芒。

有本雜誌因為這件事還特意寫了一篇喬裕的專訪，還請來資深政治記者評論。那位資深記者對於這種答案倒是毫不驚訝，他說，喬裕是半路出家，有樂家和喬家長輩的指點，又矜持低調地度過了漫長的蟄伏期；位居高位之後反而更加謙遜沉穩，有著這個年紀少見的涵養和氣度，不浮躁不功利。談吐不凡，氣質乾淨，相貌出眾又謙恭有禮，沒有人會不喜歡。

紀思璿看到這裡抿著唇笑了笑，是啊，沒有人會不喜歡，所以那個時候，她才會那麼卑微地安慰自己。那麼多人喜歡他呢，她不能那麼貪心地一直霸占著他，所以他們才會分開。

喬裕從機場回到別墅時，已經快十一點了，他一進門便看到紀思璿抱著電腦坐在沙發上。她不知道在看什麼，微微出神，嘴角噙著笑，頭頂的燈光柔和了她半張臉的明豔，帶著少見的溫婉恬靜，大概是剛洗好澡，頭髮半乾，沒有妝容，氣質乾淨，讓喬裕看得出神。過了許久他才回神，換了鞋走近，輕聲問：「妳在看什麼？」

紀思璿反射性地啪一聲闔上電腦，這才抬頭看過去，一秒鐘恢復正常，「沒看什麼。」說完便準備抱著電腦潛逃。

喬裕眼明手快地攔住她，把她按回沙發上，拉著她的手順勢坐到沙發前的地毯上，「我有話要跟妳說。」紀思璿點頭示意他繼續。

「這個專案進行到這一步，我也掌握得差不多了，後面只要照圖慢慢施工就行了。我手裡還有別的案子，以後不能整天待在這裡，可能只是偶爾來看一看進度。妳不喜歡的人呢，暫時也走了，妳就安心工作，我週末休息了就過來看妳。」說完便趴在紀思璿的手臂上不再動，似乎很累。

緊貼著她手臂的那片肌膚熱得異常，紀思璿靜默了一會兒忽然開口問：「你是不是發燒了？怎麼額頭那麼熱？」

最近這幾天降溫，喬裕好像真的有些發燒。他很快抬起頭來，「有點，沒事，我睡一覺就好了，妳也早點休息吧。」說完便站了起來。

紀思璿也跟著站起來，小聲嘀咕著：「我本來就打算睡了……」

喬裕忽然明白了什麼，轉頭看她，他的笑容在燈光下有些模糊，「妳不會是在等我回來吧？」

紀思璿上上下下地打量著他，面無表情地給出答案：「你想太多了。」說完一揚下巴，上樓睡覺去。喬裕笑著跟在她身後，也上了樓。

第二天，紀思璿偶然經過喬裕的辦公室，聽到他不時咳嗽幾聲，她用餘光往裡面瞟了幾眼，面無表情地走過。當天下午，她從工地回來，去廚房找水喝的時候，聽到喬裕在廚房裡咳嗽。她皺了皺眉，很快走開了。

喬裕才從廚房裡出來，就在廚房的吧臺上看到幾盒藥，他拿起來看了看，都是治感冒咳嗽的，他左右看了看，一個人也沒有。

◇

冬天無聲無息地降臨，天氣一天一天地冷起來，喬裕如他所說，很少來了，倒是每天都會打電話給紀思璿，卻不再提紀思璿到底什麼時候原諒他的話題。紀思璿每日在工作室和工地之間兩頭忙碌，他不提，她也不會主動觸及。

喬裕路過蕭子淵辦公室時聽到裡面有說話的聲音，便敲了敲門走進去，看到一大一小兩道身影。大的那個坐在窗前閉著眼睛曬太陽，小的那個乖乖坐在沙發角落，看一本花花綠綠的書。

聽到敲門聲，蕭子淵睜開眼睛看著他，蕭雲醒抱著書甜甜地叫他二叔。

喬裕笑著回應了一聲，轉頭調侃蕭子淵，「你這個樣子也不像加班啊，怎麼週末還跑過來，父子倆被隨憶掃地出門，沒地方去啊？」

蕭子淵懶得理他，閉上眼睛繼續曬太陽，「差不多吧，本來說好一起去遊樂園，結果醫院臨時叫隨憶回去，她就拋棄我們父子倆回醫院了。而我們回去太麻煩，就近來辦公室待一下，順便等她。」

喬裕一臉同情地看向蕭雲醒，被拋棄的小傢伙絲毫不見沮喪，懂事得讓人驚歎，「你怎麼讓他自己一個人看書？他才多大啊。」

書。」

蕭子淵轉頭看了一眼，「你小時候不就是這樣嗎？自己一個人安安靜靜地坐在角落裡看

喬裕聽了一愣，想了想好像確實是這樣，「你還記得啊？」

蕭子淵點頭，看著蕭雲醒的眼睛裡帶著父愛的光芒，「記得啊，記得很清楚。如果可以選擇的話，我倒是希望他以後可以像你一樣。」

喬裕倒是第一次聽到有父親是這麼想的，「你不希望他以後像你嗎？」

蕭子淵搖頭，「不希望，如果我不是蕭子淵，要我在認識的人裡面選擇一個人成為他，我會選你。」

喬裕樂了：「我？我有什麼好？」

蕭子淵轉頭看他：「你不記得嗎？當年學校論壇裡有一個投票，讓女生選出最想嫁的對象，你的票數是最高的。」

喬裕一臉無言地看著他，「只比你多一票而已，你要不要記這麼多年啊？」

蕭子淵看著他一臉正色，「那一票是我投的。」

喬裕差點掀了桌子，「你有夠無聊！」

蕭子淵回憶了一下：「我偷偷去後臺看過，你的票裡，有很多都是男生投的。」

喬裕似乎明白了蕭子淵拐彎抹角，說這麼多的意思，「你想掰彎我？」

蕭子淵不再開玩笑：「不是那個意思，我的意思是說，女人喜歡什麼樣的男人或許是因人而異，但男人認同的同性類型，基本上是一致的。」

喬裕很懷疑眼前這個男人到底是不是蕭子淵，「今天怎麼了？這麼感性。」

蕭子淵看著沙發角落裡小小的人兒，「以後你做了父親就會懂了。」

喬裕覺得有點好笑，「你說這麼多就是為了炫耀你有兒子，我沒有是吧？」

蕭子淵一臉欣慰，「你懂就好。」

喬裕伸手打了他一拳，才轉身就看到蕭雲醒跳下沙發跑過來，「二叔二叔，我最近在學百家姓！蕭是第九十九個，和穆蕭尹。二叔我會背你的姓氏喔，池喬陰鬱，喬是第兩百八十二個。」

喬裕摸摸他的小腦袋，誇讚道：「好聰明啊。」

蕭雲醒一臉驕傲，「你隨便提，我都會背。」

喬裕想了一下：「那……紀呢？」

蕭雲醒很快回答：「席季麻強，第一百三十四個。」

蕭子淵在一旁樂了，「你二叔問的不是這個季，他問的是紀念的紀。」

蕭雲醒抓抓腦袋，「紀念的紀啊？熊紀舒屈，第一百二十二個。」

喬裕忽然覺得這個數字很熟悉，「一二二？」

「是一二二啊，二叔，你怎麼了？不對嗎？」

「你剛才說喬是第幾個？」

「二八二啊。」

「一二二，二八二……」喬裕低聲重複了幾次，忽然抬起頭，「二叔還有事，先走了，之後再去看你。」說完跟蕭子淵打了個招呼就急匆匆地走了。

蕭雲醒一臉迷茫地問：「爸爸，紀念的紀怎麼了？」

蕭子淵挑眉，「紀念的紀啊，你記不記得那個漂亮姊姊？她就姓紀啊。」

蕭雲醒眨了眨圓圓的大眼睛，「又和漂亮姊姊有關係？為什麼每次一說到漂亮姊姊，二叔就不正常？」

蕭子淵被他逗笑，「連你都發現了？你二叔還真是失敗啊。」

◇

喬裕到工作室找紀思璿的時候，才知道她去了工地。

紀思璿戴著安全帽、拿著繪圖紙站在高臺上，和現場施工人員說著什麼，看到他時，眼底閃過一絲驚喜，很快轉頭又交代了幾句：「那就先這樣吧。」

喬裕站在原地看著她下來，雖然她的臉上看不出表情，但腳步卻輕快很多，「不是晚上才到嗎？怎麼提早這麼多，有事啊？」

喬裕昨天打電話給她時說是晚上才到，但他等不及，便直接過來了。他笑了笑，「沒什麼事，就是提前過來了。」

天氣已經很冷了，寒風凜冽，或許是她在室外待久了，臉被吹得通紅，眼睛卻很亮。他伸手輕輕觸碰了一下她的臉，果然冰涼一片，順手理了理她被安全帽壓亂的頭髮，才牽著她的手往辦公室走，「冷嗎？」

周圍不時有工作人員路過，笑著和兩人打招呼。

紀思璿猛地把手抽回來，一臉嬌嗔，「他們看到了！」

喬裕笑了笑，又把她的手包在手心裡，「有什麼好怕的。」

之前他們也會有輕微的肢體接觸，但只要她一表現出抗拒，他就會放手，可這一次他卻強行和她十指交扣，牽著她往外走。

工地旁邊有個臨時辦公室，裡面亂七八糟地堆了很多東西，一面牆上貼滿A4紙和便條紙。紀思璿幫他倒了一杯水，「是不是又亂了？其實這才是建築師的樣子。沒有那麼光鮮亮麗，只有穿梭在工地的灰頭土臉，當年畢業時的壯志雄心也最終歸於這些鋼筋水泥。」

喬裕每次來看施工進度時都會大致收拾一下，然而下次來時又是一片狼藉，後來堆的東西多了，他怕收拾過他們會找不到，乾脆就放棄了。

喬裕接過來喝了一口，轉頭看向窗外，已經可以看出度假村的雛形了。他不知道是高興還是失望，淡淡開口：「進度很快。」

紀思璿也看向窗外，在一片嘈雜的轟鳴聲中點點頭，輕聲附和：「是啊。」

總部派的室外景觀設計師昨天已經到了，還讓他們加快進度，以期可以早點回去。完工意味著專案結束，結束了當然好，可以好好休息一下，然而，這個專案結束便意味著她和喬裕將會再次離別。

紀思璿不願再往下想，很快開口打破沉寂，簡單收拾了一下，看向喬裕：「走吧，回工作室那邊？」

喬裕心不在焉地翻了幾頁書，不時抬頭看一眼紀思璿。紀思璿乾脆停下來，「你有話要跟我說啊？」

喬裕猶豫了一下，「借妳的電腦用一下，可不可以？」

紀思璿說道：「用啊。」

喬裕抱著她的電腦坐到她的對面，很快地掃了她一眼，她正低頭玩手機，沒有注意他。他按照韋忻告訴他的，很快找到那個資料夾，按兩下之後，輸入密碼的視窗便彈了出來。他有些緊張，下意識地又去看了紀思璿一眼。

紀思璿低頭面無表情地開口：「你老盯著我幹嘛？你在用我的電腦看色情網站嗎？」

「怎麼會？」喬裕故作輕鬆地笑了笑，很快低頭輸入六個數字——122282，資料夾便打開了。

裡面是按照年分一字排開的幾個資料夾，他隨手打開一個，隨後頓住，靜靜地看了很久，然後才動了動手指，把所有資料夾都打開看了一遍。裡面全都是這些年關於他的資料，影片、照片、新聞截圖、雜誌掃描檔，有些連他自己都不記得到底是什麼時候的事了。他看了一眼最新的訪問紀錄，是那一年他去國外訪問的新聞資料，時間恰好是那天晚上。

原來當時她看的是這個。喬裕半天都沒有動靜，紀思璿抬頭看著他，只覺得他神色有些古怪，雖然表情如常，但眼睛裡卻帶著刻意抑制的意味，不知道在看什麼，連她站起來走過去都沒發現。紀思璿悄悄走到他身後，低頭看了一眼，然後也僵住。

這些資料她一個都沒看過，只是前幾天才匆匆看了一下。她恨他，所以不看，但又不想錯過，便反射性地收集，然後全部堆在這個資料夾裡。她不知道喬裕是怎麼知道的，他從踏入辦公室開始就不正常，大概是預謀已久了。

她的氣息離他很近，喬裕也不敢動。半晌，她緩緩站直，站在喬裕身後冷冷地問：「你怎麼知道密碼的？」

喬裕沒有看她，也沒有動，對著滿螢幕關於他的資料，緩緩開口：「熊紀舒屈，池喬陰鬱，一二二，二八二。」

紀思璿有些惱怒，有些羞赧，就像一絲不掛地站在他面前，就像她所有的口是心非都被他揭穿。「你到底是怎麼猜到的！」

喬裕忽然站起來，轉身看著她：「關於我怎麼猜到的等一下再告訴妳，其實我更想問的是……」

他說到一半忽然停住，紀思璿便開始緊張，她怕他會藉此羞辱她，畢竟她之前就是這麼對他的。她不敢看他，隨手端起桌邊的杯子低頭喝水，企圖掩蓋慌亂，屏住呼吸等他繼續開口。喬裕看著她的舉動忍不住勾起嘴角，「我想問的是，為什麼妳的姓氏要在我的姓氏前面？」

「噗……」紀思璿嗆到了，猛烈地咳起來。

喬裕慢條斯理地拍拍她的後背，「別緊張。雖然說我沒有男尊女卑的思想，但我畢竟也會有那麼一點點的介意，妳看能不能改成二八二一二二？」

紀思璿一把揮開他的手，惡狠狠地看著他，「誰緊張了？你快說你到底是怎麼猜到的？」

「韋忻告訴我前三位是一二二。」

「後面的你怎麼猜到的？」

「蕭子淵的寶貝兒子告訴我的。」

「蕭雲醒？他怎麼會知道？」

「他最近在學百家姓，不愧是蕭子淵和隨憶的兒子，連順序都記得住，他告訴我『喬』是二八二，我就順便考考他，問他『紀』是第幾個。」

紀思璿沒想到自己會栽在一個幾歲的孩子手裡，惱羞成怒，「他才幾歲啊？學什麼百家姓，蕭子淵是不是有病！」

喬裕倒不這麼認為，「妳不覺得我們跟這個孩子很有緣分嗎？」

紀思璿嗤之以鼻，「不覺得。」

喬裕笑了起來，指指電腦，「我能不能……抓回去慢慢看？」

紀思璿立刻把電腦搶回來，「不能！你以後不許碰我的電腦！」

喬裕知道再撩撥下去她真的會爆炸，適時收了手。

晚飯時，喬裕遞了幾張邀請函出去，「平安夜快到了，部門安排了宴會，這是邀請函，諸位如果有時間都去看看吧。」

一群人在這裡待了幾個月，不是對著繪圖紙就是在施工現場聽噪音，聽到有活動都一臉興奮。

紀思璿捏在手裡看了看，這宴會似乎很隆重，「哪些人會去啊？」

喬裕解釋：「就是跟各個分部長有合作的單位，建築這邊除了你們，還有幾個建築事務所和建築集團公司。度假村的專案是重點，上面指名要你們出席。」

紀思璿和韋忻聽完之後，同時把邀請函塞到徐秉君懷裡，異口同聲地開口：「該你出場了。」

徐秉君無言，「你們倆能不能體恤一下老人家，我當初把你們倆找進來，簡直就是人生中最大的汙點！」

紀思璿看徐秉君隱隱有發飆的跡象，悄悄把邀請函抽回來，「怎麼會？我第一次負責投標就中了，而且贏得很漂亮！你多有面子啊！」

徐秉君冷哼，「可是事後，業界開始流傳我們事務所能力不足，拿美色來誘惑！嚴重懷疑我們的專業素質！」

紀思璿無辜道：「怪我嘍？那也比某些人第一次負責投標沒中強吧？」

韋忻不服氣，「雖然我第一次負責投標沒中，但是我拿下招標方最漂亮的女生和最高的標底費啊！」

「你還好意思說？」徐秉君把邀請函拍到他的腦袋上，「到時候你們都得去，一個都不能少！」

喬裕微笑著看他們，從那晚之後，他再見到徐秉君，仔細留心觀察，卻沒發現任何蛛絲馬跡。徐秉君對紀思璿好像就是普通的同事關係，眼神、動作，沒有一絲的不自然。徐秉君面對他時，也是一切如常。好像那晚他們根本沒有遇到，徐秉君也根本沒有暗示過他任何事情。

喬裕第二天離開時，有些不放心，點到即止地說了一句：「中期彙報要開始了，這次宴會，薄季詩可能也會過來。」紀思璿自知她跟喬裕的問題一向是出在兩個人身上，和別人沒有關係，就算沒有薄季詩也會有別人，所以她對薄季詩並沒有多抗拒，點點頭表示自己知道了。

◇

平安夜那天，事務所眾人準時赴約，只不過進場時並不怎麼愉快。

大概是會有重要的高層出席，進入飯店還要進行安檢。他們到的時候已經排起長隊，飯店門口負責接待的工作人員又是見機行事的角色，覺得他們陌生，拿了邀請函，隨便瞄了一眼便放到一邊；餘光忽然掃到隊尾的一群人，立刻笑容滿面地招呼：「趙所長您來了！不用排隊不用排隊，直接安檢就行了。」

於是左一個趙所長，右一個李總監，後來的幾群人都過了安檢，紀思璿一行人依舊被晾在一邊。韋忻看不過去想要過去理論，卻被紀思璿拉住。

紀思璿還保持著看著前方的姿勢，漫不經心地開口：「沒關係，我們還年輕，還可以多等好多年，有的人呢，就不一定了，這麼著急，一看就知道沒幾年了。」說完轉頭看了一眼正要擠進去的某事務所的人，又很快收回目光，眼底俱是輕蔑，那群人明顯身影一僵。

喬裕和一群同事剛結束會議，剛走進飯店就聽到這句，微微垂下頭無聲地笑著。喬裕身邊的一個男人笑著對喬裕說：「早就聽說璿皇是個奇女子，如今一見啊，果然是真性情！」

喬裕斂起笑意，轉頭對蕭子淵說：「我不方便出面，你帶他們從內部通道進去吧，這群人都是欺軟怕硬的，他們這樣等下去，不知道什麼時候能進去。」

蕭子淵當即拒絕，「我是有家室的人，紀學妹長得太招搖，我可不想看到明天關於我跟她的緋聞滿天飛。」

喬裕想了想，「算了，還是我自己來吧。」

蕭子淵一本正經地刺激他，「事務所的人都在呢，都是你邀請來的，你現在這樣偏心，以後你還要不要混啊？」

喬裕猶豫了一下，卻也很快一臉坦然，「沒事。」

剛才的男子一臉驚愕地看著蕭子淵，又看看喬裕，「喬部長，這是什麼情況？別人都說你跟這位璿皇……我可是不信的。」

喬裕笑了笑，扔下一句「這個可以信」之後，便走向紀思璿的方向。

接下來男子臉上的表情更精彩了，眼看著喬裕跟眾人打了招呼之後，在眾目睽睽之下一臉坦蕩地牽著紀思璿的手腕，帶著事務所的一群人從員工通道過安檢，進入宴會廳。

「蕭部長，這是什麼情況？喬裕一向都是最守規矩的啊！」

蕭子淵一臉玩味，「這個事情……怎麼跟你解釋好呢，總結來說，就是喬裕把他這輩子所有的離經叛道都用在這個女人身上了。」

這種宴會一向最是無聊，無非是認識一群又一群完全不感興趣的人，喬裕在還好，後來喬裕被叫走，本地的幾個設計事務所和建築集團便輪番過來說一些酸不溜丟的話，以排解當日沒有中標之憤。應付完一群人，紀思璿悄悄歪過頭問徐秉君：「這個項目，所裡到底收了多少錢，他們的攻擊性這麼強？」

韋忻也側著腦袋過來聽，「我也想知道。」

徐秉君伸了幾根手指，紀思璿心領神會，「怪不得……忍了！」

紀思璿今天難得低調，穿了件沒什麼特色的白色貼身長裙，腰間的黑色刺繡倒是挺引人注目，黑白搭配的爽朗感被她穿出了柔軟嫵媚的氣息，再加上本就出色的容貌，還是吸引不少雄性動物蠢蠢欲動。

設計事務所的出席人員裡有不少X大出來的老師、學長、學弟、同學。他們看看喬裕，又看看紀思璿，視線來回轉了幾遍之後才拉住準備上前搭訕的同事，不想看到飛蛾撲火的慘劇。即便如此，還是有不少不明生物上前試探，紀思璿想起徐秉君的囑咐，努力保持著微笑，說著一些不痛不癢的話題。忍到後來，她乾脆躲到角落的柱子後面看著觥籌交錯的一群人，作壁上觀。

韋忻一如既往地惹女孩子喜歡，嘴巴一張一闔便逗得幾個女孩子哈哈大笑。徐秉君也是一如既往地敬業，正在跟施工單位的負責人討論得熱絡不已。蕭子淵正在跟一個美女聊天，眉宇間隱隱帶著不耐煩，紀思璿拿出手機找了找角度。嗯，這個角度剛剛好，完全看不到蕭子淵臉上的不耐煩，只能看得出兩人挨得極近和美女眼底的仰慕。

她順手傳給隨憶，沒有任何文字描述。

隨憶倒也極配合她，回了一句：『洗衣板、泡麵、遙控器、電子秤都準備好了，任君選擇。』紀思璿收起手機笑得開心，轉頭去找喬裕。

喬裕身邊一直沒空過，眾星拱月般地被圍攻了一整個晚上，他也頗為好脾氣地端著酒杯，笑了一個晚上，紀思璿都替他覺得累了。他本就清瘦俊逸，一身妥貼得體的西裝映襯下，在一群腦滿腸肥中尤為顯眼。

紀思璿對男士西裝沒有特別深入的研究，卻也能一眼認出那是出自某個以低調奢華著稱的高級訂製品牌，她忍不住稱讚一句「有品味」。她覺得這個男人除了在追女孩子方面是個白痴之外，其他方面堪稱完美。紀思璿正看得用力，便看到喬裕忽然轉過頭直直地看了過來，也只是看了一眼，很快收回目光，不知道對圍著他的一群人笑著說了句什麼，很快轉身離開，轉身的瞬間看了紀思璿一眼。

紀思璿心領神會，跟徐秉君和韋忻打了招呼之後，便跟在喬裕的身後走出宴會廳。

紀思璿出來時不見喬裕的身影，有服務生主動上來帶路，一直繞到飯店的後門，她推門出去時，喬裕已經拿著大衣站在門外等她。紀思璿接過他遞過來的大衣邊往身上裹邊發抖，「好冷啊！」

她低頭扣鈕釦，喬裕看了一會兒，抬手幫她整理衣領，又把掛在手臂上的圍巾圍在她脖子上。他離她很近，近到她能聞到他身上清冽的氣息，夾雜著淡淡酒香。

他不是沒有幫她圍過圍巾，在她的記憶裡，他倒是經常做這件事。從學生餐廳出來的時候、從自習室出來的時候……就是因為曾經做過了幾百次，所以即便隔了這麼多年，他再做起來依舊是那麼自然流暢。

紀思璿抬眸看他，喬裕壓了壓圍巾翹起來的一角，才看向她，「怎麼了？」

紀思璿想了一下，開口問：「你幫別的女孩子圍過圍巾嗎？」

喬裕想了想，「我妹妹。」

「喔。」紀思璿一臉若有所思，「那看來你人生中有好多第一次都給你妹妹了，第一次牽女孩子的手，第一次抱女孩子，第一次揹女孩子……」

喬裕無力反駁，有些好笑地幫她補充：「小時候我還和我妹妹睡過同一張床。」

紀思璿神色認真地問：「如果你以後結了婚，還有什麼第一次是留給你老婆的嗎？」

喬裕很認真地想了又想：「沒有。」

紀思璿看著他一臉嫌棄，「怪不得找不到女朋友。」

喬裕低下頭笑。

紀思璿覺得自己確實挺無聊的，收斂起表情問他：「你叫我出來幹什麼？」

喬裕牽著她往馬路對面的廣場走，「怕妳太無聊，出來透透氣。」

紀思璿是閒雜人等，所以消失了無所謂，她躲在圍巾後面轉頭看他，「就這樣出來，你沒事嗎？」

喬裕搖搖頭，「沒關係，逛一會兒就回去。」

廣場上很熱鬧，循環播放著輕快俏皮的《聖誕鈴聲》，到處都是嬉笑的人群，還有穿著人偶服的聖誕老人擺出搞笑的動作，和行人合照。紀思璿到處亂看，也不看路，任由喬裕護著她，小心地換到一條人少的小路上。

喬裕在歡樂的音樂聲中看著某處，忽然開口：「那年平安夜，這裡放了一整晚的煙火。」

紀思璿垂著眼睛很快接話：「是我。」

她停下腳步，轉頭看著喬裕的眼睛緩緩開口：「當時你看到的是我。」

喬裕渾身一僵，猛地轉頭看她。紀思璿卻不再看他，嘴角噙了抹笑，笑意卻沒有到達眼底，輕描淡寫地再次開口：「沒什麼，就是當時想回來看看，就回來了。」

紀思璿往前走了幾步，站在臺階上，看著不遠處的高臺，緩緩開口：「有一個人，從小到大都沒有人教她什麼是對的，什麼是錯的。父母只是告訴她大方向，但有很多小事情她沒有那麼清楚的辨別能力。忽然有一天，她遇到一個人，那個人一點點地教她，教會了她很多東西。雖然寵她卻有原則，有原則卻又縱容她。明明知道她做得不對，可看到她那麼高興便任由她去，然後自己默默在後面替她善後。後來在離開他的那麼多日子裡，她才一點一滴地受益，然而，那個人卻早已不在她的身邊，而她也不確定自己是否還有勇氣再去見他……」

紀思璿停了一下，繼續開口：「當時我就站在這裡，喬裕，那是你畢業之後我第一次見你。時隔幾年，我以為我可以放下了，在你沒看到我之前，我還是這麼以為的。可是就在你看到我的那一刻，我才知道不行，原來我做不到。我放不下你，可是我也不想原諒你。看，喬裕，紀思璿就是這麼自私又霸道。」

昏暗的燈光下，她的側臉依舊明媚惑人，喬裕覺得她在改變，從一開始的抗拒到現在她一臉沮喪地告訴他，她不想原諒他。喬裕最見不得她不高興，有些懊惱不該提這個話題，神色輕鬆地哄她：「好了好了，我就是隨口一提。不怪妳，都是我不好。我還不夠好，所以妳不想原諒我。別不開心了，我有聖誕禮物送妳。」

喬裕不知從哪裡變出兩枚耳環，動作極快地把紀思璿原本戴著的取下來，又輕輕幫她戴上，神色認真，嘴角掛著清淺的笑，「何以致區區？耳中雙明珠。」

紀思璿看不到，抬手摸了摸耳垂上帶著暖意的耳環，低聲重複：「何以致區區？耳中雙明珠……」

喬裕笑著問：「喜歡嗎？」

燈光有些暗，他剛才動作又快，她其實沒怎麼看清，不過摸起來也知道價格不菲，「收下喬部長這麼貴重的禮物，不太好吧？」喬裕一聽她叫他「喬部長」就渾身不自在。

「我也有禮物要送給你。」紀思璿從大衣口袋裡捏出一張手掌大小的紙片，在他眼前晃了晃。

喬裕對那個圖案太熟悉了，他閉著眼睛都可以畫出那個二維碼，有段時間，他甚至有點強迫症地在紙上徒手畫了很多遍。他苦笑一聲：「妳什麼時候發現的？」

紀思璿想也沒想，「就是那天去你家吃飯回來之後。」

「怪不得……怪不得樂曦認錯人了，妳也不生氣，怪不得我說要重新追妳，妳也答應了……」喬裕從她手裡接過來低頭看著，「妳發現了卻一直沒說，現在忽然告訴我是因為那天我發現密碼的事情？」

紀思璿毫不掩飾地點點頭。喬裕揉了揉眉心，繼而抬手捏了捏她的臉，哭笑不得，「真是個睚眥必報的小女子！」

兩個人悄悄溜回去時，宴會已經到了尾聲，喬裕因為中途消失被灌了好幾杯，他招架不住，不停地對蕭子淵使眼色。

蕭子淵接收到信號的第一反應是轉頭去看紀思璿，紀思璿下意識摸了摸自己的手機，剛陷害人的心虛便湧了上來，轉頭垂死掙扎地看了眼喬裕，咬了咬唇。糟糕，她好像間接得罪了喬裕的求救對象。

蕭子淵也不至於真的見死不救，磨蹭了一下，便端著酒杯過去插科打諢，順手解救了喬裕。

回去的時候，喬裕喝了酒無法開車，兩人坐在後座上，紀思璿一抬手就摸到自己耳垂上的耳環。喬裕喝得有點多，靠在後座上閉目養神，偶爾睜開眼睛看她，她歪頭看著窗外，車窗上映著她帶笑的臉龐，看了幾次之後他忍不住笑起來：「真的很喜歡啊？」

紀思璿聽到聲音便轉過頭看著他，手也不自然地放下，一臉傲嬌，「還可以啦。」

東漢詩人繁欽的定情詩，她在少女懷春的年紀讀過，最喜歡的恰好就是「何以致區區？耳中雙明珠」這句。

時間晚了，紀思璿沒有回城外的別墅，就近回了父母家。她回到家時父母已經睡著了，她輕手輕腳地洗漱上床，明明累了一整晚，卻躺在床上怎樣都睡不著。她打開檯燈，看著指間的那枚耳環，細碎的鑽石鑲在緞帶上，繾綣環繞著中央的主鑽，在燈光下熠熠生輝。

她不是沒有比這更貴重的首飾。她順利進入事務所那年，沈太后一出手便是大手筆，幫她買了一套鑽石首飾，還說這就是她的嫁妝了。

可她當時遠遠沒有現在開心，她也沒有預料到自己會因為喬裕的這個舉動如此開心。她躺回枕頭上，閉著眼睛歎息：「紀思璿啊紀思璿，妳真的是傲嬌又做作啊……」

與此同時，回到家的喬裕把紀思璿送給他的那張二維碼拍照上傳，更換現有頭像。

第十四章　寒冬已逝，夏至未至

我以後一定蓋一棟房子，屋前要有個大大的花園，
春看百花秋賞月，夏納涼風冬踏雪，
屋裡的採光一定要好，無論什麼時候都可以看到紀思璿在陽光裡對我笑。

平安夜的宴會上，薄季詩沒有出席，而是出現在中期彙報的現場。上次的事情似乎對她打擊很大，喬裕也聽說薄震因為這件事很生氣，只是她不提，他也當什麼都不知道。

後來他們到現場看施工情況時，薄季詩也是一臉憂鬱，不過待人還是一如既往的溫婉和氣，至少表面看上去是這樣。看到一半，紀思璿、韋忻和徐秉君被施工負責人叫走了，薄季詩忽然提出要和喬裕去屋頂看看。喬裕猜到她大概是有話要說，便讓尹和暢帶著其他人隨便看看，和她去了屋頂。

屋頂的景色不錯，薄季詩卻無心欣賞，走了幾步，看著站在另一棟樓中間樓層的某道身影，別有深意地開口：「工地好危險啊，隨便一塊磚頭掉下去……」

喬裕笑得雲淡風輕，他和薄季詩站在屋頂吹著冷風，對著某道身影說：「如果她真的出了什麼意外，那我大概就只有從這裡跳下去的份了。」聲音在怒號的風中聽起來是那麼的蒼白無力。

薄季詩有些意外地看他一眼，「那你父親呢，你妹妹呢？」

喬裕不為所動，「我父親和妹妹，我自會安排人好好照顧。」

薄季詩怎麼都沒想到喬裕會是這種態度，「那你當年所做的犧牲還有什麼意義？」

喬裕轉頭看著她，「意義？當年我因為我父親、因為我哥、因為我妹妹、因為整個喬家，我捨棄了她。那麼這一次，怎麼輪也該輪到她了，無論其他選項是什麼，我都會選擇她。」

他的雲淡風輕有些惹惱了薄季詩，「你為什麼這樣？當時你哥哥出事時也沒見你這樣。」

喬裕看到對面大樓裡的紀思璿正皺著眉說著什麼，想起她前段時間總結的建築師幾大必備技能之一，便是會吵架。跟結構師吵、跟施工吵、跟甲方吵，吵完之後便能神清氣爽地繼續畫圖，然後下次見面繼續吵。

薄季詩不知道他想起了什麼，只見他的嘴角忽然揚起，緩緩開口：「那是因為我知道她是安好的，她一切安好，我的心就不會死。一輩子那麼長，如果沒有信念支撐，那麼日日活著都會是煎熬，我累了。」

薄季詩開始懷疑眼前的喬裕，到底還是不是那個下雪天裡她見到的那個眉宇間帶著稚嫩，卻不失溫和的少年。經過多年的磨鍊，他那絲稚嫩怕是早已化殺氣於無形。

薄季詩氣極反笑，「喬裕，這番話你是故意說給我聽的吧？你放心，我不會做這種事。」

喬裕看向她時，依舊溫溫和和地笑著，「妳不會做，那薄震呢？」

薄季詩沒想到喬裕會看得這麼透徹。喬裕無視她突變的神情，繼續開口：「妳不殺伯仁，伯仁因妳而死。雖然妳不會做，但薄震動手前肯定會跟妳打招呼，可是妳不會提醒我一個字，我說得沒錯吧？」

薄季詩說道：「喬裕，即便紀思璿出了事，你永遠也怪不到我頭上。」

「妳回去告訴薄震，我敬他是長輩，但如果他真的做了什麼，也可以試試看。他們要的不過是我娶妳，可是我告訴妳，我不會娶妳。」

「即使是用紀思璿威脅你？喬裕，你不是那種人。」

喬裕看著紀思璿的身影微微笑了一下，「其實每個人心裡都有陰暗的一面，我也有。所以不要挑戰我的底線，妳不會想知道我陰暗的那一面會有多殘暴。」

當年他曾很苦惱地問過樂准一個問題，他踏入這行時間久了，會不會耳濡目染地變成工於心計、不擇手段的人。樂准給他的答覆是：「把這世上的醜惡骯髒、權謀詭計、世態炎涼、陰謀暗鬥全都看一遍，才會真的豁達，才會知道什麼是真正的溫柔以待。這個世界在變，環境在變，倘若人不變，必將會被淘汰。你若還是學校裡的模樣，日後還怎麼保護你想保護的人？時間久了，你就會知道，你不會因為這個世界而變得冷漠暴躁，反而會更溫和，經歷得越多會越溫和。」

紀思璿仰頭看著從對面頂樓下來的兩個人，他和她邊走邊說著什麼，天氣那麼冷，薄季詩穿得單薄，抱著雙肩在寒風中微微發抖。

韋忻站在一旁搓搓手，在嘴邊哈了一下氣，「哎呀，真冷啊！」

紀思璿看都沒看他，「冷就進屋。」

韋忻一臉幸災樂禍，「進屋怎麼惹人憐啊？妳說，喬裕會不會把大衣脫下幫她披上？」

紀思璿沒興趣和他討論這種問題，「不知道。」

韋忻倒是很有興致，「猜一猜嘛！」

紀思璿硬生生吐出兩個字：「不會！」

韋忻繼續問：「他會不管薄季詩？」

紀思璿皺皺眉，「也不會！」

韋忻笑呵呵地繼續評論：「薄總是高手啊。一出招就直擊男人的心底，連我都忍不住想要跑過去抱抱她，給她溫暖了。」

紀思璿終於看他一眼，「那你怎麼不去？」

韋忻笑得一臉燦爛，「因為我想看看喬裕會怎麼做啊。」

對面的兩人屋頂下來之後，喬裕快走了幾步，跟在一旁等的尹和暢不知道說了什麼，然後就看到尹和暢脫下大衣，走到薄季詩身邊遞給她。尹和暢回來之後，喬裕把自己的大衣遞給他，尹和暢推託了幾下，最後還是穿上了。一群人又浩浩蕩蕩地往樓下走，喬裕忽然轉頭往這邊看過來。

韋忻目瞪口呆，「喬裕真的是……這大概是教科書般的典範吧？既沒有半分曖昧又不失風度，做了一個男人該做的卻又不會越界，璿皇果然調教有方啊。」

紀思璿的臉上倒是看不出喜怒。喬裕過來找她時，韋忻打了個招呼便自動消失。

喬裕拉過紀思璿的手摸了摸，「冷不冷？」沒等她說話就拉到懷裡，「手這麼冰，抱著我暖一暖。」他穿了件薄薄的羊毛背心擋住風口，身上確實很暖，耳邊只留下風聲，卻一點都不冷。

「怎麼不說話？」喬裕放開她，想要看看她，「生氣了？」

她卻抱著喬裕的腰不動，臉貼在他的懷裡，「沒有。如果你是那麼無情的人，當初我也不會喜歡你。」

喬裕聽出她聲音裡的異樣，試探地問：「那妳怎麼不高興？」

紀思璿老實地回答：「我在解結。」

我在解心結，所以，喬裕，你再等等我。

◇

過了平安夜，很快就到了春節。隨憶、三寶、何哥照例來向紀思璿的父母拜年，這幾年紀思璿不在，她們卻一年都沒有缺席。沈繁星笑著包了紅包給她們，在她們三個人準備離開時，沈繁星卻忽然叫住三寶。

「璿璿啊，妳送阿憶跟文靜下樓，我有點事要問三寶。」

明顯被支開的三個人一愣，看看沈繁星又看看三寶，不知道這兩人有什麼祕密。

三個人出了門之後，沈繁星便笑著拉著三寶的手，「三寶啊，剛才聊天的時候，妳說的那個喬學長是不是叫喬裕？」

喬裕的事情，紀思璿曾經一再囑咐她們不要在沈太后面前提起，三寶也是一愣，「您知道了？」

沈太后面不改色地開始誆她，「嗯，知道了。」

三寶覺得不太可能，吞吞吐吐地撇清關係，「喬學長……就是我們的一個學長而已，沒別的。」

沈太后笑了一下，「就是一個學長啊，那就好那就好。」

三寶默默鬆了口氣。

沈太后一臉為人母的愧疚，「我們家璿璿啊，從小就不太喜歡跟我說她的事。這也要怪我，她從小我就對她不夠關心，她的很多事情我都不知道，我這個做母親的真失職啊！」

三寶寬慰她，「阿姨，您不要這麼想，妖女她其實很愛您！」

沈太后似乎很沮喪，低下頭輕聲開口：「那就好，對了，他們當初為什麼分手？」

說到這個，三寶也頗為苦惱，抓著腦袋開口：「其實我也不是很清楚，就是忽然分手了，那天妖女告訴我們……」

當三寶意識到自己在說什麼時，猛地捂住嘴，「我什麼都沒說。」

沈太后一改剛才的涕淚齊下，又笑著往三寶手裡塞了紅包，「來來來，阿姨給妳壓歲錢，妳跟我說說，他們到底是什麼關係。」

紀思璿推門進來時，就看到三寶一臉討好的笑容，和沈太后一臉似笑非笑的樣子。紀思璿瞇著眼睛，一臉危險地看向三寶。

三寶立刻心虛地大喊：「我什麼都沒說！不是我說的！」

紀思璿咬牙切齒，「我都看見妳口袋裡露出來的紅包了！」

三寶低頭看了一眼，立刻往裡面塞了塞，然後不好意思地朝紀思璿笑。

紀思璿在沈繁星眼神的壓力下，拎著三寶的衣領，以工地有十萬火急的事情為由，迅速從家裡逃了出來，然後站在樓下蹂躪了三寶半個多小時才走。

當年她跟喬裕的事情，她從來沒跟家裡說過。上次她送大喵回來就已經說漏了嘴，再加上這次三寶叛國投敵，她相信以沈繁星的智商和情商完全可以推斷出來這是怎麼一回事。於是心虛的紀思璿一直在工地待到除夕那天下午才敢回家，這段期間，沈繁星倒是很沉得住氣，一通電話都沒打來。

家裡，沈繁星正在指揮紀墨包水餃，看到她回來一臉驚愕，「妳怎麼在這裡？」

紀思璿一臉委屈，「我特意回來陪你們過年啊。」

沈繁星擺擺手，「不用妳陪，妳在這裡我和妳爸反而不自在。妳出去玩吧。」

紀思璿看了眼外面已經黑了的天，「大過年的，妳讓我去哪裡玩啊？」

沈繁星對她笑了一下：「往年我叫妳回家過年的時候，妳在哪裡玩，今年就繼續去哪裡玩吧！」

紀思璿哀號一聲就被趕出家門，她站在門口邊抓門邊吐槽。沈繁星是她見過最小氣的女人！不就是幾年沒回家過年嗎？有必要這樣嗎？

◇

喬家的除夕夜過得比往年還熱鬧一些。

喬裕把喬燁從醫院接回來，喬市長也難得沒有到基層去慰問，江聖卓、喬樂曦夫婦帶著一對龍鳳胎，聚在樂准這裡吃年夜飯。吃了年夜飯之後，喬樂曦就被喬柏遠趕回江家。畢竟，嫁出去的女兒在娘家過年說不過去，更別提還拐走了人家兒子。

兩位老人一向作息正常，晚上十點準時睡覺，吃了年夜飯便回房間休息。喬柏遠一年到頭也只有這幾天可以休息，看了一會兒電視便一臉倦意，也睡在樂家了。

喬燁的精神也不太好，喬裕和他說了一會兒話，便送他回醫院休息。

喬裕從醫院出來打電話給紀思璿時，她正蹲在市中心的廣場上吹著冷風，看一群活力四射的男男女女跨年，等著倒數計時。喬裕到了廣場，遠遠就看到她裹著厚厚的羽絨外套，一臉無精打采地站在角落裡，盯著廣場中央巨大的螢幕。

他走過去揉了揉她的腦袋，「怎麼不回家，待在這裡做什麼？」

紀思璿歎了口氣，一臉委屈，「我媽說，要等倒數計時完才能回家。」

喬裕覺得好笑，「這是什麼道理？」

紀思璿看他一眼，幽怨地開口道：「大概是對我這幾年不回家過年的懲罰吧。」

「呃……」喬裕心虛，這番話聽起來好像和他關係很大啊。喬裕陪她數了人生中最無奈的跨年倒數之後，便送她回家。

誰知兩個人站在樓下說話時，竟遇到了從外面回來的紀墨和沈繁星。紀思璿有些措手不及，她不敢說喬裕的名字，支支吾吾地用最簡短的六個字進行了介紹。

「我朋友。我爸媽。」

沈繁星上上下下地打量著喬裕。喬裕眉目俊朗，目光沉靜，微笑著叫了聲叔叔阿姨，笑起來時眉眼間染上一抹溫柔。她轉頭看了眼紀思璿，這倒是紀思璿會喜歡的類型。

沈繁星看了多久，紀思璿就屏氣凝神了多久，沈繁星打量完之後沒開口，只是朝紀墨使了個眼色。紀墨心領神會，輕咳一聲看向喬裕，一臉真誠地問：「小夥子，會打麻將嗎？」

紀思璿差點要給他們跪下了，這才知道他們倆剛才出去，大概是找麻將咖未果，便提前回來了，「爸、媽，算了吧，人家要回家過年呢。」

沈繁星不理會她，轉頭朝喬裕開口：「只打幾圈，很快的！」

喬裕根本沒反應過來，便在紀思璿自求多福的眼神中，被紀墨和沈繁星架上了樓。從喬裕進門開始，紀思璿就開始心驚膽戰。

紀墨很隨意的一句「小夥子第一次來吧？要不要參觀一下？」就讓紀思璿草木皆兵，覺得這完全是在試探！以紀思璿對沈太后的了解，她絕對不會允許自己趁她不在，私自帶男人回來。

喬裕摸了摸依偎在他腳邊的大喵，看著紀思璿近乎討好的眼神，猶豫了一下，面不改色地回答：「是啊，第一次來。」

後來四個人開始打麻將，除了紀思璿心不在焉，時不時放炮之外，其他三人都是一臉愉悅，本來一切都很美好，直到沈太后打了幾圈之後，對喬裕的表現很滿意，笑著問：「小夥子貴姓啊？」

紀思璿心裡哀歎一聲，該來的終究是來了。喬裕悄悄把手伸到桌子下輕握著她的手，安撫性地用手指輕輕敲打她的手背，一臉坦然地迎上沈繁星的目光，輕聲開口：「我叫喬裕。」

沈繁星忽然扔了手裡的牌，臉上的笑容也淡了幾分，垂著眼簾不說話。紀墨倒是很欣賞喬裕的擔當。喬裕這個名字，幾天前沈繁星跟他提過，自己的女兒為了這個男人在外面漂泊了幾年都不願意回來，他本來也有些抗拒；可紀思璿的事情一向是她自己做主，他也不怎麼擔心。今天再看兩個人的眼神動作，更是完全不擔心了。

紀思璿在桌子下小幅度地踢了踢紀墨，紀墨看了看沈繁星的臉色，權衡了一下，在氣氛完全冷下來之前開口打圓場：「我餓了，煮餃子吃吧，璿璿妳說呢？」

紀思璿使勁點著頭，「我早就餓了！媽，妳去煮餃子吧？」

我怕妳再坐在這裡，我就真的得吃速效救心丸了。

沈繁星的視線從三個人的臉上掃過，然後緩慢地進廚房開始煮餃子。

太后一人煮餃子，旁邊站了三個跟班。沈繁星看著在熱水中翻滾的餃子，忽然開口問了第一個問題，不提往事只問眼前：「所以說，你們倆現在是男女朋友關係？」

喬裕看了紀思璿一眼，開口回答：「還不是，我還沒追到。」

沈太后不知道是站在哪一邊的，看了紀思璿一眼評價道：「也是，她一向比較做作。」

紀思璿的嘴角抽了抽，心裡咆哮：我這麼做作到底像誰？還不是像妳！

這些話她當然不敢說，低眉順眼地站在那裡被批鬥。

紀思璿不知道別人家的父母遇到這種事會是什麼反應，但總歸不該是沈繁星這種淡漠的反應。

沈太后又默默看了一會兒翻滾的餃子，然後開口：「行了，可以吃了。」

說完便開始到處找，邊找邊嘀咕：「怎麼沒有漏勺啊，我記得是放在這裡的啊。」

喬裕聽到後馬上打開最上面的櫥櫃：「在這裡在這裡，我上次用完之後收拾了一下，統一放到這裡了。」

氣氛再次尷尬起來，四個人大眼瞪小眼半天。沈太后一臉計謀得逞的得意：「上次用完之後？什麼時候？除了上次之外，還有幾次？」

紀思璿欲哭無淚，一臉恨鐵不成鋼地給了喬裕一拳。喬裕頗為汗顏，他真的領教到這位太后的厲害了。

好在之後沈繁星的態度總算正常了，修長的手指狠狠戳在紀思璿的腦門上，「妳竟然敢趁我跟妳爸不在，帶男人回來！紀思璿，妳死定了！」

喬裕看著她的額頭上很快浮起一片紅，有點心疼，好幾次想抬手幫她擋一下，都在沈繁星的眼神中放棄。這大概是喬裕過得最雞飛狗跳的一個除夕夜了。後來紀思璿垂著腦袋送他下樓，喬裕一手牽著她，一手放在她額頭上，用掌心輕輕揉著那片暗紅，皺著眉輕聲問：

「會不會痛啊？」

不提還好，一提紀思璿就生氣，瞪他一眼：「你還說！都怪你！你肯定是故意的！沒事收什麼漏勺？以後跟沈太后說話，一定要小心小心再小心！說錯了哪句話，她就開始挖坑了！」

喬裕從來沒見過紀思璿這麼忌憚一個人，忍不住笑著逗她，「看今天這情況，妳覺得還會有以後嗎？」

紀思璿一愣，忽然收起一臉凶狠，苦著臉問他：「喬裕，我現在根本不敢回家了，怎麼辦？」新年的第一天，紀思璿站在自家樓前和喬裕相顧無言，糾結成一團。

◇

喬燁終究是沒有撐過這個冬天，離立春只差了幾天。

那天一早，天還沒亮，喬裕就接到醫院的電話，很快出現在病房門前，看著主治醫生的嘴一張一闔，卻聽不到他在說什麼。溫少卿輕輕拉了一下主治醫生的衣袖示意，然後拉著喬裕往角落裡走，只說了一句話：「在夜裡走的，走得很安祥。」

喬裕忽然轉頭看向窗外，下巴的線條鋒利堅硬，半晌才開口：「通知我爸和樂曦了嗎？」

溫少卿搖頭，「都沒有，我覺得還是你通知他們比較好。」

喬裕點了點頭，神色平和，「那我出去打電話。」

冬末的早晨依舊冷得徹骨，他走出電梯，站在大樓前，使勁吸了幾口涼氣，用盡全身的力氣捏著手機。他該怎麼開口？

喬柏遠很快就接起，才響了一聲他便接了起來。

喬裕頓了一下，「爸，您起床了嗎？」

喬柏遠覺得有點奇怪，『剛起床，怎麼了？這麼早打電話來。』

「我說了您別激動。」那幾個字喬裕怎麼都說不出口。喬柏遠似乎已經預料到了，一直安靜地等著他開口。

最後喬裕咬著牙，吐出幾個字：「大哥走了，您來醫院一趟吧。」

話音一落，兩邊皆是沉寂。

過了很久，喬裕才聽到喬柏遠的聲音傳過來：『好，我馬上到。』

喬裕打電話給喬樂曦，是江聖卓接的。

「樂曦還沒起床嗎？」

『還沒有，昨天寶寶鬧到半夜，她剛睡著。』

「喔……」

『二哥，有什麼事嗎？』

「也沒什麼事，等她醒了，你再跟她說，你們再過來就行了。」

江聖卓聽出了不對勁，忽然開口：『你等一下，我馬上去叫她。』

喬樂曦皺著眉接過電話，下一秒便淚如雨下，傻傻地看著江聖卓。江聖卓便知道自己猜得沒錯，把她抱在懷裡，卻說不出一個安慰的字。

溫少卿站在幾步之外，看著喬裕掛了電話漸漸蹲到地上，右手緊緊握著手機，左手捂住整張臉微微顫抖。

兩個信封，一個寫著喬裕的名字，一個寫著喬樂曦的名字。

喬樂曦打開來，裡面是一張紙，紙上寫了兩個名字：以瑜，以瑾。喬樂曦看完之後便泣不成聲。

留給喬裕的信封裡是一把鑰匙，喬裕不知道這是什麼鑰匙，卻也沒有精力去想。

度假村的專案到了最後收尾階段，天快黑時紀思璿才一臉疲憊地從工地回來，一下車就看到在別墅外等的喬樂曦。喬樂曦看到她便馬上跑過來，紅著眼睛問她：「妳去看看我二哥好不好？」

紀思璿心裡涼了一下，「喬裕怎麼了？」

喬樂曦一臉悲傷：「我大哥……不在了。」

紀思璿不敢相信地看著她，「怎麼會……」

喬樂曦的眼淚掉了下來：「昨天夜裡走的。」

紀思璿看著這張和喬裕相似的臉龐，有些不忍，「進去說吧。」

喬樂曦跟在她身後，紀思璿帶她去了自己的房間，又下樓倒了杯水給她，再回去的時候，喬樂曦已經收拾好了情緒。其實喬樂曦並不喜歡紀思璿，可是當她找不到喬裕時，腦中卻浮現出紀思璿的臉，原來她已經在不知不覺中接受了紀思璿。

「都說家裡如果是三個孩子，中間那個肯定是最不受寵的。爸爸疼大的，媽媽疼小的，二哥雖然不至於不受寵，但總是會有些地方被忽略，照顧不到，但他從來都不放在心上。他是我見過最溫柔、最善良的男人，我曾經以為，這個世界上沒有哪個女人能配得上他。」喬樂曦喝了幾口熱水才繼續開口，「他有沒有跟妳提過我媽媽的事？」

紀思璿點點頭，「沒怎麼提過，只是說過母親早逝。」

喬樂曦點點頭，「嗯，我媽媽是自殺，所有人都沒想到，所以出事那天一切都很混亂，混亂中所有人都忽略了他。我有人照顧，大哥有人照顧，唯獨二哥被關在那棟房子裡，等所有人想起他的時候，天都快黑了。那一年我二哥八歲，我不知道八歲的二哥是怎麼度過那幾個小時的。可他從沒提過那件事，因為他怕我們內疚，就像他從來沒告訴妳，他當年為什麼不能和妳去留學一樣。」

紀思璿有些抗拒這個話題，「不是因為他的仕途嗎？」

喬樂曦苦笑一聲，「那一年，我大哥體檢時發現了癌細胞，好在發現得早，及時治療，做了手術，恢復得也很好。可是在二哥畢業那年，又發現了，這次連手術都做不了了，只能保守治療。當時的我對此一無所知，我以為是父親不願意讓二哥學建築，所以後來一直很怨恨他。老一輩的人有些想法是我們無法理解的，在他們的觀念裡，總要有個人來繼承家業，長子不行，便由次子頂上。其實到現在我都無法理解，可是我會體諒。他說如果選擇題裡的選項是妳，那麼他選的只會是妳。然而，當年二哥要做的選擇題，是在他的夢想和大哥裡選一個，如果是妳，妳會選哪一個？什麼所謂的仕途，於他而言，根本沒有誘惑力。」

紀思璿眉頭深鎖，「他可以告訴我啊，他為什麼不告訴我？」

喬樂曦抹掉眼角的淚，「他說，他想讓妳成為妳想成為的那種人，妳那麼有才華，為了他放棄夢想實在是太可惜了。後來妳回來了，他還是不願意說，他不想讓妳內疚。妳說，我二哥是不是個傻子？」

紀思璿不知道該怎麼形容自己此刻的心情，眼前忽然變得模糊，眼淚在不知不覺間滾滾而下。意有所至而愛有所亡，這麼簡單的道理，難道喬裕都不明白嗎？

是他說的，他們不能一起往前走了，於是她毫不猶豫地轉身走了，而他卻一直留在原地守候。

她一直以為他是錯的那一個，所以理直氣壯地胡攪蠻纏，折磨他也折磨自己，可今天才知道，她才是狠心的那一個。原來當年先放手的那個人，不是他，而是她。是她拋棄了他去了國外，在他那麼辛苦的日子裡，在他身邊的人不是她。

他們錯過了那麼多年，怎麼追得回來？

她漸漸聽不到喬樂曦在說什麼，回神時只聽到很熟悉的兩個字。紀思璿猛地抬頭看她，「妳剛才說什麼，沁忍？」

喬樂曦有點疑惑，「我二哥的字啊，他沒跟妳說過嗎？是外公取的。」

紀思璿忽然意識到了什麼，「妳大哥……長什麼樣子，有照片借我看一下嗎？」

喬樂曦不知道紀思璿為什麼忽然變了臉色，但還是從手機裡翻出一張合照，指著其中一個人給她看，「這個就是我大哥。」

紀思璿的手不受控制地顫抖，真的是他。怪不得他會拐彎抹角地來找她，怪不得他帶來的那張繪圖紙會那麼熟悉，怪不得她總覺得他很熟悉，怪不得他會那麼執著地問她喜不喜歡那棟房子……

『當年我轉行，我女朋友很生氣，我想給她賠罪。』

『如果一個男人曾經在妳和其他、人或者事情上沒有選妳，妳會原諒他嗎？』

原來他一直以來說的是她和喬裕，她卻沒有聽出來。

紀思璿忽然打斷她，「喬裕在哪裡？」

喬樂曦就是為了這件事才來的，「今天從醫院出來之後，我就一直聯繫不上他。妳知道他去哪裡了嗎？」

下一秒，紀思璿便衝了出去。

她一路上拚命打電話給喬裕，都無法接通，一直到進了市區才終於有訊號。耳邊的鈴聲響了很久他才接起來，卻沒有出聲。

紀思璿試探著叫他：「喬裕？」

他極輕地應了一聲：『嗯。』

紀思璿聽到他的聲音才鬆了口氣，「你在哪裡？」

他卻不再說話。

靜默許久，紀思璿在他輕緩的呼吸聲中再次開口，卻是泣不成聲，「喬裕，對不起，真的對不起。今天你妹妹來找我，我才知道……對不起……」

『別哭了。』他終於出聲，聲線依舊低沉清冽，卻帶著不易察覺的顫抖，『妳記不記得妳畢業那天晚上，妳們班吃完飯之後，妳在校園裡走了很久，然後坐在露天禮堂的臺階上也是這樣哭。其實那天我一直跟在妳身後，我看著妳把我們曾經一起走過的地方都走了一遍，妳走了多久我就跟了多久。後來我站在樹影裡看著妳哭，心疼得要命，當時我真的很恨自己，我怎麼能讓妳哭成這樣。可是即便這樣，我都不能上前對妳說別哭了……』

電話忽然掛斷，紀思璿再打過去的時候，那邊已經關機了。她抬頭對司機說：「司機先生，麻煩去X大。」

喬裕看著電量耗盡自動關機的手機，隨手扔到一邊，陷入沉思。

◇

紀思璿畢業的那天晚上，他在酒席上就有點不對勁了，有酒來就喝，話卻比平日裡更少了。應酬結束之後，他讓司機掉頭去X大。車子停在樹下的黑影裡，他來得晚，露天禮堂裡的畢業晚會已經到了尾聲，音樂聲和人聲震耳欲聾。

晚會結束，大批的學生湧出來，他坐在昏暗的車裡看著人群湧動，本不抱著什麼希望，可看著人越來越少，他的心還是漸漸發涼。就在他要放棄時，視線裡卻又出現了那張臉。

紀思璿正歪著頭和旁邊的三個女孩說話，邊說邊走，馬上就要消失在視線中時，卻忽然回頭朝車子的方向看過來。他坐在一片黑暗中，關了燈，外面的人幾乎辨別不出車內有沒有人。他知道她根本看不到自己，卻還是莫名緊張起來。

三個女孩發現她沒跟上來便叫她：「妖女，走嘍！土豪說要請我們去海鮮樓大吃！」

是啊，海鮮樓，他還欠了一頓飯。

紀思璿又看了幾秒鐘才回過頭去，追上她們，漸漸消失在夜幕裡。

學生很快散去，他下了車，站在禮堂臺階的最後一排，周圍靜悄悄的。X大每年的畢業典禮都是在這裡舉行，他坐在這裡，耳邊似乎可以聽到白天畢業的宣誓聲。

他不知道自己是怎麼了，打了通電話給當時遠在大海彼岸的蕭子淵：「隨學妹畢業你都不回來？」

蕭子淵一副氣定神閒的語氣：『你不在，又怎麼知道我不在？』

他笑了笑，「我在，我現在就在露天禮堂。我們畢業那天，典禮結束之後其實我看到她了，所以想著她畢業時，我怎麼都得來看看她。白天沒空來，晚上應酬完才趕過來，好在總算是看到了。」

喬裕難得這麼多話，蕭子淵在電話那端默默聽著，半晌才歎了口氣，『喬裕啊喬裕，你這又是何必。』

他默默掛了電話。

是啊，見一次痛一次，他這又是何必。可不見就不會痛，不痛他就不知道自己還有沒有心。只有那種撕心裂肺的疼痛洶湧而至時，他才安心……喔，還好，他還有心。

後來他讓司機開車回去，自己在學校裡走了走，走到建築系教學大樓時，忽然發現她就走在他的正前方。他便一路跟著她，她一直沒有發現，不知走了多久，她來到這個露天禮堂，躲在一個角落裡小聲地啜泣。

喬裕坐在她當時坐著的位置，久久才從往事中回神，一抬頭就看到紀思璿站在幾步之外，看到他發現她了便緩緩走近，在昏暗朦朧的燈光裡竟有些不真實。

抬頭時還是一臉的平和，可就在看到她的那一瞬間，忽然皺起眉，像個受了委屈的孩子伸手拉過她，趴在她的懷裡一遍又一遍地呢喃著她的名字，好像這是他唯一可以抓住的浮木。

「思璿……思璿……」

紀思璿輕拍著他的後背，心如刀割。

◇

喬燁的葬禮定在三天之後，喬柏遠自那天從醫院回來之後便病了，喬樂曦也一直鬱鬱寡歡。喬裕忍著悲痛忙裡忙外準備了好幾天，除了那天在紀思璿面前失態之外，再也不敢在父親和妹妹面前表現出瀕臨崩潰的狀態。

葬禮那天氣溫很低，天氣陰沉沉的，陸陸續續來了不少人，喬柏遠帶著一雙兒女站在一旁還禮。

溫少卿和蕭子淵一家三口來得很早，皆是一身黑衣，連小小的蕭雲醒都是一身黑色小西裝，行完禮之後，抱著喬裕的腿叫二叔。

喬裕的眼底一片青灰，摸摸他的腦袋，勉強扯出一抹笑，「乖，二叔頭有點暈，就不抱你了。」

蕭雲醒乖乖地點頭，朝他擺擺手，「嗯，二叔，你蹲下。」

喬裕蹲下後，蕭雲醒踮著腳尖用小手輕輕拍了拍喬裕的腦袋，嘴裡還叨念著：「二叔不要難過，二叔乖乖的……」

喬裕的眼眶一下子紅了，抱了抱蕭雲醒，一個字都說不出來。

蕭雲醒指了指那邊：「漂亮姊姊說，我這麼做二叔就不會難過了，可是二叔你為什麼哭了？」

喬裕看過去，紀思璿和建築事務所的一群人站在一起，對他笑了笑。她的眼裡已不再有怨恨，不再有糾結，似乎一切都已經過去，笑容一如當初，明媚如花。

葬禮開始沒多久，喬樂曦實在忍不住了，抱著喬裕哭到崩潰，他也被感染，悲由心生，很快紅了眼眶，卻強忍著把頭撇到一邊，拍拍喬樂曦的背，「好了好了，剛生完孩子，一直哭對身體不好。」一邊說邊招呼江聖卓過來，「你來哄哄她，我去看看我爸。」

喬柏遠坐在休息室裡一動不動，喬裕心裡忽然冒出一絲絲的恐懼，小心地碰了碰他，輕聲開口：「爸，您沒事吧？」

喬柏遠很快回神，揉了揉太陽穴，「沒事，你坐啊。」

喬裕雖然知道這句話有多蒼白無力，卻還是張張嘴說：「爸，您別太難過。」

喬柏遠歎了口氣，「嗯，我不難過。其實能成為父子啊，是緣分，而什麼事情都會有盡頭，早晚都是要分別的。只是我沒想到會這麼早，也沒想過，會是他先走。不過想一想，也沒什麼，他活著一天便要受一天的折磨，早點走了也是一種解脫。我是他父親，也不能再為他做什麼了。」

喬裕忽然覺得透不過氣來，寬慰了喬柏遠一會兒便離開休息室，站在窗邊透氣時遇到蕭子淵和溫少卿。蕭子淵遞了根菸給他，喬裕沒接，反而笑著說：「不抽了，我哥說抽菸對身體不好，以後都不抽了。」

蕭子淵第一次看到喬裕的笑那麼勉強，他一直都是溫溫和和地笑著，真誠溫暖，看到他現在這個樣子，反而不知道該說什麼才好。溫少卿拍拍他的肩，也是什麼都沒說。

喬裕很快笑了一下，「好了，我要過去了，那邊沒人我不放心。」

紀思璿一直遠遠地看著，看著他站了一天，一一還禮，看著他勉強笑著和賓客說話，看著他明明已經到了崩潰的邊緣卻強忍著，安慰父親和妹妹。作為喬家的梁柱，他為所有事善後，修長挺拔的身影上似乎壓了很多東西，不只是責任。

葬禮結束之後，喬裕安排人送喬柏遠回去休息，又囑咐江聖卓好好照顧喬樂曦，之後一個人在喬燁的遺照前默默站了很久，看著黑白照片裡的那張笑臉，滿眼都是小時候的事情。

蟬鳴微風的夏天，兄弟倆被關在外公家的書房裡練書法。

『哥，我不想寫了，我想出去玩！』

喬燁小心翼翼地往門口看了一眼，從寫好的一疊紙中抽出幾張遞過去，『夾在中間，不容易被發現，我馬上就寫完二十張了，寫完了就幫你寫。』

後來他們慢慢長大……

『哥，這題到底要怎麼寫，你教我一下好不好？』

『哥，我想報建築系，你幫我跟爸說好不好？』

『哥，我喜歡一個女孩，你有時間見見她嗎？』

往事撲面而來，喬裕看著相框裡的那張笑臉，用力扯出一抹笑，顫抖著開口：「哥，你一路走好，我會好好照顧爸和妹妹的……」

紀思璿站在門外沒有進去，靠在一旁的牆壁上看著遠方的天空，烏雲陰沉沉地壓下來，慢慢浮動，很快她的臉上感覺到一滴冰涼，她往空中伸出手，要下雨了嗎？

「怎麼不進去？」

身後忽然有聲音傳來，紀思璿轉頭去看，竟然看到風塵僕僕的林辰。她看了眼喬裕的身影，抿著唇，「他不需要人陪，他大概想和他哥哥單獨待一會兒吧。」

林辰大概是接到消息才從國外趕回來，一臉的倦意：「學妹，有時候妳給人一種高高在上的感覺，別人心裡是怎麼想的妳根本不屑一顧，連敷衍都懶得敷衍，不拘小節，慵懶不羈。可有的時候又讓人覺得妳心細如髮，溫柔細膩。」

紀思璿視線一轉，看著林辰問：「學長這麼誇我，是怕我揭穿你是為了躲誰，才故意這麼晚來嗎？」

林辰眼中閃過一絲被揭穿的尷尬，一抬頭，看到紀思璿揚了揚下巴。他順著她示意的方向看過去，溫少卿站在微雨中看著他，或許已經等了很久。

◇

喬裕並沒有做任何讓人擔心的舉動，葬禮之後休息了幾天，依舊正常上下班。

幾天之後，紀思璿約了喬裕在湖邊見面。喬裕到的時候，紀思璿正站在湖邊打水漂，她聽到腳步聲便轉頭看過來。

喬裕有些奇怪，「怎麼約在這裡見面？」

紀思璿指了指不遠處的那棟房子問：「你覺得熟悉嗎？」

喬裕剛才過來時就覺得奇怪，點點頭。

紀思璿向他伸手，「鑰匙帶了沒？」

喬裕把喬燁留給她的鑰匙遞給她，然後看到她走過去打開門，站在門前叫他。喬裕忽然明白了什麼，慢慢走進去，路過花園時，耳邊響起了當年曾對喬燁說過的話。

『哥，我以後一定要蓋一棟房子，屋前要有個大大的花園，春看百花秋賞月，夏納涼風冬踏雪，屋裡的採光一定要好，無論什麼時候都可以看到紀思璿在陽光裡對我笑。』

『紀思璿是誰？』

記憶裡那道聲音緩緩響起，喬裕穿越時空輕聲回答：「紀思璿是喬裕要守護一生的人。」

他聲音極低，紀思璿走在前面沒有聽清，只是聽到自己的名字，以為他在叫她，「嗯？」

喬裕笑著搖了搖頭。走過花園，推門進屋，屋內的一切設計都是熟悉的，都曾是他的設想，都出自那張繪圖紙，那張他畫了一半就放棄的繪圖紙。

紀思璿站在那面挑高的書櫃牆前開口解釋：「當時你哥哥帶了一張繪圖紙來找我，那張繪圖紙只畫了一半，他想讓我補上另一半。我只覺得那張繪圖紙很熟悉，卻不知道那是你哥哥……」

紀思璿把所有和喬燁有關的事情全都告訴他，說完之後，她忽然覺得喬燁真的是個好哥哥，如果當年她是喬裕，也會和他做出一樣的選擇。那一刻，紀思璿被自己的這個想法嚇了一跳，繼而心中豁然開朗。這些年積聚在她心底的陰霾頃刻間煙消雲散，只留一心明媚的溫柔。

第十五章　南有喬木，不可休思

初識鍾情，終於白首。
眉眼如初，歲月如故。

那天之後，喬裕的心情似乎好了一些，然而，紀思璿卻要走了。

專案進入尾聲，事務所的人漸漸撤走了。徐秉君和韋忻幾天前便回去接手新的案子，她因為喬裕遲遲沒有回去，但也只能拖到這一天了。

喬裕並沒有開口留她，紀思璿也沒有說什麼時候再回來。

紀思璿回去之後，接手的新案子很棘手，她一連熬了幾個晚上，又要坐飛機趕往施工現場。早上起得太早，頭痛欲裂，一路上太陽穴便蹦蹦地跳著，她辦好登機手續後往安檢處走，剛走了幾步忽然停住，她站在人來人往的機場大廳，忽然不知道自己身在何處。睜大眼睛努力尋找著可以識別的標誌物，尋找的過程中才慢慢想起來，喔，這是在機場啊。

這些年她在全世界各地到處跑，有時早上在飯店醒來，第一個問題就是問自己：我現在在哪裡？毫無歸屬感。起飛前，傳了一封簡訊給喬裕，然後關機。

『喬裕，我累了，我想休息了。我說我想你了，你就來見我，好不好？』

她下飛機到了飯店後睡得昏天暗地，醒來時捲著被子在床上打了幾個滾才從被子裡鑽出來，摸到手機看了眼時間，又去看最新的訊息。喬裕沒有回覆。

大概是在開會吧。她歎了口氣，抓著腦袋坐起來，就看到坐在床對面沙發上的喬裕。

她揉了揉眼睛，傻傻地問：「我是還沒睡醒嗎？」

喬裕低聲笑出來，彎著腰湊過來撫著她的眉眼，「紀思璿，我來接妳回家。」

有多久沒有人如此鄭重地叫她名字了？她早已想不起來。她在國外那麼多日日夜夜，幻想過無數次，喬裕會突然出現在她面前，跟她說：「紀思璿，我來接妳回家。」

紀思璿絲毫不見感動，繼續傻傻地問：「你到底是怎麼進來的？」

喬裕笑而不答。

紀思璿忽然洩了氣，歎了口氣後張開雙手：「過來抱我。」

喬裕依言擁她入懷。

她撲入喬裕懷裡深吸了口氣，忽然硬著聲音開口：「跟我說對不起。」

喬裕沒有多問，按照她的要求鄭重地道歉：「對不起。」

紀思璿繼續提要求：「說你愛我。」

喬裕覺得有些好笑：「妳怎麼了？」

紀思璿埋在他懷裡粗聲粗氣地回答：「喬裕，我想你了。」

喬裕忽然收斂起笑容，輕緩而堅定地開口：「紀思璿，我愛妳。」

紀思璿也沒有真的就此收拾行李走人，而是在幾天之後和喬裕一起回國，參加度假村專案的慶功宴。

慶功宴是在度假村裡舉行的，那晚來了很多人，喬裕轉了一圈之後，才發現紀思璿不見了。其實比喬裕更早發現她不見的是徐秉君。

徐秉君找到她時，紀思璿正抱著雙腿，坐在度假村中央那塊天然的石雕上出神。她背對著他開口問：「徐秉君，你知道男人為什麼特別討厭女人的多疑跟猜忌嗎？」

她沒頭沒腦的一句話讓徐秉君一頭霧水，「為什麼？」

紀思璿輕笑了一下：「因為心虛啊，因為女人猜得太準了！有時候女人的第六感準到可怕，連她自己都不敢相信。」

徐秉君忽然有不好的預感，「妳想說什麼？」

他看不到紀思璿的表情，只聽到她的聲音依舊輕鬆自在，「我知道你喜歡我。」

徐秉君並沒有反駁，「什麼時候知道的？」

「一開始就知道。你知道嗎？我從上國中開始，就可以在第一時間察覺到一個男人是不是喜歡我，從來沒有判斷失誤過。」她說完之後又忽然想起了什麼，歪著頭糾正，「喔，不對，喬裕是個例外，我感覺不出他是不是喜歡我。」

徐秉君本就是個豁達的人，他從一開始就知道自己和這個女人不會有這種緣分。他喜歡是他的事，她知道也好，不知道也罷，他都不會有任何的尷尬和不快。

紀思璿忽然站起來轉過身，居高臨下地看向徐秉君，「你知道我為什麼學建築嗎？」

徐秉君想也沒想地回答：「因為喬裕？」

紀思璿笑著搖搖頭，「不是，因為喜歡。」

徐秉君笑著點了點頭。

紀思璿又問：「你知道我為什麼非要在建築這條路上走下去嗎？」

徐秉君發現即便他認識她這麼多年，依舊追不上她跳躍的思維，「因為喜歡？」

紀思璿忽然收起笑容，目光沉靜地開口：「不是，因為喬裕。我們曾經的夢想，他放棄了，我會努力幫他完成。」

徐秉君循循善誘，「夢想，換個人幫妳完成不是更好？」

紀思璿輕笑一聲搖搖頭，「我走上這條路不是因為他，而我在這條路上走下去，卻是為了他。只是因為喬裕，才會有這個夢想。因為是他，夢想才是夢想，換了人，就算實現了當初的預想，對我而言，沒有任何意義。喬裕才是紀思璿的夢想。」

徐秉君似乎猜到了什麼，「妳想跟我說什麼？」

紀思璿深吸一口氣，又緩緩吐出來，這才開口：「我想辭職。」

徐秉君並不意外，「妳知道嗎？Johnson 從妳獨立做專案負責人的那天開始就跟我說，說我留不住妳，妳遲早會被別的事務所挖走。我等妳這句話等了很久，只是我沒有想到，挖走妳的會是喬裕。這件事喬裕知道嗎？」

紀思璿搖頭，「不知道。」

徐秉君一臉調侃，「這麼護著他。」

紀思璿揚了揚下巴，「後宮不得干政。」

徐秉君愣了一下，哈哈大笑。

「說起 Johnson 我不得不提一句，」紀思璿很認真地看著徐秉君，「建築女和結構男真的是死敵，我們互相看不順眼很久了。」

「……」

徐秉君離開之後沒多久，紀思璿便聽到身後的腳步聲和那道帶著笑意的聲音。

「怎麼爬那麼高？也不怕摔下來。」

除了兩棟高樓之外，度假村的其他地方也都亮著燈，紀思璿仰頭看著對面燈火通明的別院，幾棟風格不同的獨棟宅邸座落在別院裡，那是團隊裡每一個人的心血。

「喬裕，我似乎還能聽到這裡叮叮噹噹施工的聲音。我第一次做主創建築師完成案子的時候也是這樣，當時我站在那棟高樓前，非常想跟你說：喬裕，看吧，我終於在這條路上甩你那麼遠了。可是現在，我一步一步地走回來找你，好嗎？」

喬裕站在石雕下愣住，半晌才抬眼看向她，神情從容愜意，笑容清淺溫暖，緩緩伸出手臂，「下來。」

紀思璿低頭看著他，揚唇一笑，想也沒想就跳了下去，撲進他的懷裡。那個時候，在那所學校的操場上，他也是張開雙臂要接她下來。她卻寧願受傷也不願讓他碰觸半分，現在終於可以毫無顧忌地接受他，一切似乎真的不一樣了。

第二天一早，有個簡單的專案總結會，來了不少有名人物，薄氏集團是薄震親自出席。喬裕作為專案負責人，微笑著說完所有感謝的話之後問：「諸位，還有什麼問題嗎？」

紀思璿坐在最後一排懶懶地抬了抬手，「我有。」

喬裕心裡一顫，一種熟悉的感覺湧上來，抬手示意她問。紀思璿坐在位子上好整以暇地看著喬裕，眉目含情唇角帶笑：「我想問，喬裕，你到底打算什麼時候娶我？」

喬裕因為喬燁的去世，眉宇間一直鬱鬱寡歡，但那一瞬間，紀思璿看到他眼底一閃而過的清亮和欣喜。而喬裕看著笑靨如花的紀思璿，還有眼底那一抹熟悉的狡黠，他好像忽然回到了當年學生會面試的那間教室。

當年她也是這麼囂張地笑著，對他說他以後就是她的人了。經過這麼多年，喬裕沒有任何長進，依舊愣在當場，一直失態到坐在頂頭上司的辦公室裡。

宋承安氣到快要爆炸，「喂喂喂！我在跟你說話呢，你咧著嘴開心什麼！」

喬裕嚇了一跳：「喔，不好意思，您剛才說什麼？」

宋承安拍拍桌子，「我說，有那麼多上面的人在！紀思璿這麼做，有多糟的影響你知不知道？還讓薄家的人看了笑話！」

「嗯……」喬裕心不在焉地應了聲，半點愧疚的神色都沒有，忽然開口問：「宋叔，問您一個問題。」

宋承安以為他終於回歸正常了，點點頭，「你問。」

「部門裡有沒有規定我跟紀思璿結婚的話，為了避嫌，我就不能管建築這一塊了？如果是的話，是不是需要我提前寫報告申請？」

「你剛才一直在想這個？」

「不是，還有別的。」

「還有什麼？」

「還有關於休假的問題，結婚的話，我好像還有很多事情需要準備，我好幾年沒休過假了，能不能這次一起休一休？」

宋承安終於爆發，把喬裕往門外推，「你給我滾出去！我跟你說不清楚！」

喬裕一臉無奈地看著緊閉的門，無力地敲了敲，「宋叔，我還有別的問題呢！如果我結婚的話是不是還需要……」

門再次打開，他的筆記本被扔了出來，「回家問你爸去！」

喬裕摸了摸鼻子，若有所思，「問喬市長啊……」

喬裕自知這件事瞞不住喬市長，當天下午便去喬柏遠的辦公室。

他坐在喬柏遠對面一臉忐忑地問：「爸，這件事……你會罩著我吧？」

喬柏遠一愣，抬頭看他一眼。喬裕從小到大都沒這樣跟他套過交情，然而，似乎這才是父子該有的模樣。他一臉的威嚴卻怎麼都持續不下去，皺了皺眉，極不情願地嗯了一聲。

喬裕得到他肯定的回覆後，興奮地笑了兩聲，打了個招呼就跑了。

喬市長坐在辦公桌後面，其實內心也是崩潰的。打電話幫自己孩子圓場這種事到底該怎麼開口？他沒做過這種事情啊！要不要打電話問問江聖卓的爸爸？江聖卓從小調皮搗蛋，他應該比較有經驗。同時他悟出一個真理，調皮搗蛋這種事大概是每個人都要經歷的，而且越早經歷越好。喬裕小時候倒是罕見地乖巧懂事，可如今……那麼大了，還要自己來幫他擦屁股，真的是丟人啊！

喬裕組裡的人和事務所的人一向合得來，離別在即，於是決定狂歡一下，地點在喬燁送給他們的那棟別墅裡。韋忻參觀了幾圈之後，一臉疑惑地問紀思璿：「我怎麼越看越覺得，這像妳接的那個兼差案子呢？甲方是喬裕？自己家的房子，自己的男人出錢，按照妳的喜好設計，這種事妳都做得出來？來，小聲告訴我，妳收了多少？」

紀思璿偷偷瞄了正在和一群人笑著說話的喬裕，小聲說了個數字。

韋忻癟了癟嘴，「我怎麼遇不到這種人傻錢多的甲方呢？」

紀思璿得意地笑著，忽然站直、伸出手，極正式地開口：「韋工，這些年多謝指教。」

韋忻從徐秉君那裡知道了她要辭職的事情，一臉沮喪，「璿皇，妳辭職了，我以後要一個人面對那幫死板無趣的人，好無聊啊！」

紀思璿無意地接了一句：「那你來我這裡打工啊！」

說者無心，聽者有意，韋忻摸了摸下巴，眼睛一亮，似乎有了什麼盤算。

吃了晚飯，一群人閒得發慌，後來忽然有人提議：「我們來玩桌遊 Modern Architecture Game！我帶來了！」

「喬部長也是學建築的，一起來吧！」

喬裕看了紀思璿一眼，紀思璿挑釁般地看著他。

喬裕點頭同意，「好啊。」

Modern Architecture Game 這款桌遊在建築師圈子裡風靡一時，以問題很變態出名，讓玩家又愛又恨，每人執一顆棋子，答對題目者前進，先到圓心者贏。

到了後來，喬裕和紀思璿遙遙領先，距離圓心不過幾步之遙。可是題目越來越變態，一連答了幾題都沒答對。喬裕是持久戰的高手，紀思璿覺得再這麼下去，自己丟臉是肯定的。

誰知喬裕忽然執著棋子開口建議：「我們停戰吧！」

此建議深得她心，「喔，那說來聽聽，怎麼停？」

喬裕放下棋子，「我們依照歷史慣例來吧？」

紀思璿一頭霧水，「什麼慣例？」

喬裕很快回答：「和親。」

說完，紀思璿便看到一枚戒指慢慢滑入自己的右手無名指，傻傻地抬頭看他。

他的側臉堅毅沉穩，眼神深邃，輕輕握著她的手，緩緩開口：「何以道殷勤？約指一雙銀。」

她下意識地去摸自己的耳垂。何以致區區？耳中雙明珠。

何以道殷勤？約指一雙銀。紀思璿微微一笑，這大概是世界上最有創意的求婚了，和親？

那笑容嬌憨而純真，純真得甚至有點妖氣，喬裕一時間看得有些失神。

過了許久，紀思璿才反應過來，「你們商量好的吧？」

眾人大笑。

◇

紀思璿回去辦了離職手續之後很快回來，回來的那天下了很大的雨，很多航班都陸陸續續地顯示誤點。喬裕坐在沈南悠的辦公室裡，卻不見一絲焦躁，一直笑著等著。

沈南悠穿著便服，脫下機長制服的年輕男子竟有幾分雅痞的韻味，一臉調侃地敲敲桌子，「我說喬大部長，你老人家到底來接誰啊，等了整整六個小時了還在笑？你這個人是不是根本就沒脾氣？」

喬裕還在笑，也沒隱瞞，「就是上次，我坐在這裡送走的那個人啊。」

沈南悠一愣，繼而笑起來，「怪不得……」

幾個小時之後，喬裕要接的航班終於降落，他等的人終於回來。雨夜，車子後座上，霧氣彌漫的車窗隱約透著窗外五顏六色的燈光，他的手輕揉著她的長髮，側過臉認真地聽她說話，眼眸深邃含笑。忽然低頭去吻她，唇齒糾纏，纏綿繾綣，整個車廂的光線都溫柔下來，溫暖著潮濕的雨夜。

紀思璿在家裡待了幾天之後又被自家父母拋棄，於是，她乾脆帶著大喵搬去了別墅。每天看看青山綠水，心情好了便畫幾幅畫，喬裕每天下班回來最常看到的畫面就是，一貓一人朝他跑過來。

紀思璿頹廢了一段時間便準備找工作，篩選來篩選去，最後投了一家看上去很不錯的建築設計事務所。只不過十點面試，十一點她就推門而入，面無表情地坐在喬裕辦公室的沙發上。

喬裕讓尹和暢先出去，倒了杯茶走過去遞給她，「面試怎麼樣？」

紀思璿喝口水，興致缺缺，「不怎麼樣。」

喬裕覺得以紀思璿的專業素養和經驗，找份工作還是很容易的，可是他沒料到……

「什麼叫不怎麼樣？」

紀思璿看他一眼，咬了咬唇，「主面試官和我在國外屢屢於投標現場中廝殺，屢屢成為我的手下敗將，後來混不下去了才回國。剩下兩個面試官，一個作戰經驗沒有我豐富，另外那個……看了我的簡歷之後從頭到尾都不敢看我一眼。我覺得他們壓力有點大，可能不會要我。」

喬裕撫著額頭笑得不可自拔，「所以呢？」

紀思璿立刻跳腳，「所以我很生氣，白白浪費我那麼長的時間準備，我決定從國外引一批外援過來屠城，成立個事務所，把他們的生意全部搶光！」

喬裕一向走助紂為虐的路線，微微一笑，「妳高興就好。」

紀思璿歎口氣，「我還是先考國內的註冊建築師吧。」

喬裕舉雙手贊成。

紀思璿每日在家讀書讀得天昏地暗，性情大變。某日喬裕中途回家拿文件，一進門就看到她坐在落地窗前的一堆書中，正扳過大喵的臉讓牠看著她的眼睛。

「大喵，你說我考試會不會過？」大喵大概不太舒服，用眼角餘光瞪著她。

「你叫一聲就代表過，叫兩聲就代表不過，你回答吧。」大喵立刻喵喵叫了兩聲。

紀思璿立刻翻臉，揪了揪牠臉上的毛，「你故意的吧？給你一個機會重新回答。」

這次大喵叫了三聲。紀思璿扯扯牠的鬍子，「沒這個選項，再來。」

大喵大概受夠了她，抬手抓了她一下，紀思璿眼明手快地躲開，卻讓牠跑了。

紀思璿順著牠的逃跑路線一路看過去，便看到了喬裕。喬裕蹲下摸了摸大喵，然後走過來坐到她旁邊，好整以暇地看著她。紀思璿若無其事轉開視線，面不改色地胡說八道：「我在逗牠玩。」

喬裕邊整理書邊開口：「我看妳考試完全沒壓力嘛，整天逗貓惹狗的，不如做點正經事啊。」

「什麼正經事？」

「妳跟我回家見見長輩吧！我外公、外婆，還有我爸。」

當喬裕提出帶她回家時，紀思璿自始至終都是一臉淡定、從容，還有一絲絲高傲的樣子。等喬裕出了門，她卻立刻變了神色，手忙腳亂地上網搜尋「見公婆祕笈」，研究了大半天總覺得是紙上談兵，沒有實用性，又抱著通訊錄篩選了一遍，撥通了隨憶的電話。

電話一接通她就一股腦地發問：「阿憶啊，妳第一次去蕭子淵家裡的時候，帶了什麼禮物啊？有沒有什麼需要注意的地方？我是穿得輕鬆一點呢？還是穩重一點？一般會問什麼問題？還有還有……」

隨憶似乎剛剛下班回家，隨著關門聲她笑了起來，「妳這是要去喬學長家裡見家長嗎？不用緊張……」

『誰緊張了！該緊張的是他們！』妖女嘴硬地反駁，說到一半忽然聽到了什麼，十分警覺地問，『妳在哪裡？』

「剛進家門啊。」

『剛剛是誰在說話？』

隨憶看了看沙發上坐著的人回答：「我男人。」

『妳男人在和誰說話？』

「妳男人。」

『那妳剛才說的話，他聽到了嗎？』

「如果他聽覺正常的話，應該是聽到了。」

紀思璿隨即十分乾淨俐落地掛了電話。

半小時後，喬裕坐在自家沙發上，氣定神閒地看著紀思璿不說話，嘴角掛著一抹意味深長的笑。紀思璿一臉彆扭，糾結了半天才舉手投降，「好吧好吧，我承認我很緊張。你先說說你們家的人喜歡什麼，我好準備一下。」

喬裕思來想去，「我覺得有門手藝妳需要學一下，學會了就沒什麼問題了。」

幾天之後，喬裕下了班回來，就看到尹和暢站在門口一臉戰戰兢兢。喬裕奇怪，「怎麼了？今天不是上茶藝課，讓你過來接送老師嗎？你站在門口幹嘛？」

尹和暢一臉糾結。

喬裕邊推門進去邊問：「紀思璿呢？」

尹和暢小聲回答：「在發脾氣呢，泡了一下午的茶，都快把杯子摔光了。」

喬裕忍不住笑了，憐憫地拍拍尹和暢的肩，「嗯，我去書房看看。」

敲門進去，茶藝老師的臉黑如鍋底，紀思璿坐在對面一臉傲嬌。喬裕嗅到氣氛不對，笑著對老師說：「不好意思，今天先下課吧，我讓司機送您回去。」

喬裕把老師送到門口，又交代尹和暢明天再去買一套茶具帶過來，這才回到書房看那個在生悶氣的人。喬裕坐過去問：「怎麼了？」

紀思璿看著喬裕一臉委屈，「我都泡一天的茶了，老師就知道罵我，你看，我的手都燙紅了。」

她的手指本就細長白皙，紅色的印記越發明顯。喬裕捏著她的手指看了看，沒說話。

紀思璿看他態度冷淡便開始發飆，「我就是學不會這些！我就是個沒才沒德的普通人，沒有薄家四小姐那麼才色雙全，你去找她吧！」

喬裕還是沒說話，從桌子下拿出醫藥箱，捏著她的手，拿著棉花棒沾了點藥膏，輕輕抹在紅色印記上，等她的火氣小了點才開口：「兩位老爺子沒什麼別的愛好，一個愛喝茶，一個愛下棋，下棋一時半刻也學不會，我外公特別喜歡會泡功夫茶的女孩子，他點了頭，我父親也不能說什麼，妳就不能為了我委屈一下？」

紀思璿看著他，「那如果你外公不喜歡我，你就真的不要我了？」

喬裕歎氣，拉著她的手認真地看著她的眼睛：「不管兩位老人家同不同意，妳，我是娶定了。只不過皆大歡喜不是更好嗎？妳如果不喜歡別人教妳，以後我每天早點回來，我來教妳？」

喬裕幾句話就把紀思璿哄得心花怒放，明明樂不可支，嘴角忍不住地往上翹，卻拚命忍住，故意板著臉，半天才鬆口，「不用，你工作那麼忙，我自己學。」

喬裕不放心，「真的會好好學？」

紀思璿保證，「知道了！會好好學！不會再摔杯子了！」

喬裕看看桌子小聲嘀咕：「也沒得摔了。」

紀思璿不好意思地笑了笑。

喬裕看她高興了，這才繃著臉繼續開口：「還有啊，我這輩子要娶的人就是妳，如果再說讓我去找別人的話，我就真的當真了！」

紀思璿剛才不過是慪了一天，話一出口就後悔了，瞪他一眼，「知道了！」

紀思璿倒是真的認真學了幾天，也算小有成就。喬裕驗收成果時，看了半天。對於初學者來說，她已經做得很好了。但是如果站在樂准的角度來看，只能算是中規中矩，無功無過吧。紀思璿看喬裕半天沒說話有些忐忑，試探著問：「不行嗎？」

喬裕看她一臉緊張，笑了笑，揉了揉她的頭髮讓她放鬆下來，「我小時候見過我母親的一種沖泡方法，我教妳啊。」

紀思璿看著他，「你……好像是第一次跟我提起你母親。」

喬裕臉上是釋然之後的平靜，緩緩開口：「母親早逝，其實我也記得不是很清楚了。只記得外公最喜歡母親泡的碧螺春，到時候妳按照我教的方法泡茶，一定能過關。碧螺春有很多白毫，沖泡之後常常是一杯混濁，而且是毛茸茸的，影響茶湯的顏色，所以要先在玻璃杯裡倒入溫水，放茶葉，然後搖動茶杯，讓杯中的茶葉多次翻滾之後，靜置。等茶葉下沉，這時杯中茶湯渾濁，白毫都在水中，此時慢慢把茶湯倒出，再在茶杯裡注入半杯溫水，重複剛才的步驟。等杯中只剩下碧綠的茶葉時，再倒入稍高溫度的水，泡三分鐘左右，杯中茶葉張開，湯色明亮，入口清甜醇香。」

喬裕遞了一杯給紀思璿，「嘗嘗。」

紀思璿接過來喝了一口，喬裕繼續開口：「三次沖水，一次比一次溫度高，茶味漸漸淡下來，卻依舊淡綠盈杯，毫無渾湯。」

紀思璿忽然歪著頭看他，喬裕被她看得緊張，「怎麼了？」

「沒什麼。」紀思璿皺皺眉，一臉無所謂地聳聳肩，「就是忽然間覺得……嫁去你們家好麻煩。算了，不嫁了。」

喬裕立刻扔了茶杯過來抱她，「不麻煩不麻煩，戒指妳都戴上了，不能反悔。」

「喔，那我摘下來好了。」

紀思璿說完，作勢要摘戒指，喬裕緊緊握著她的手妥協，「算了，不學了不學了，其實妳已經夠好了，他們會喜歡妳的。」

紀思璿睨他一眼，一臉的不相信，「真的嗎？」

喬裕很是糾結，「說實話，妳是我這一輩男孩子裡第一個帶回家的女孩子，關於他們對晚輩的配偶是什麼要求，我也不是很清楚。我覺得他們應該不會不喜歡妳，如果真的不喜歡，我再想辦法吧。」

喬裕說完便垂著眼睛陷入沉思，好像真的在思考如果樂准和喬柏遠對她不滿意該怎麼辦。

紀思璿輕咳一聲，「別那麼嚴肅，逗你的！我都記下來了，明天會好好練習！」

喬裕神色平靜地點點頭，「我知道。」

紀思璿一臉懷疑，「你知道？你知道還叫我不用學了？」

喬裕慢條斯理地說出他的計畫：「我不是在配合妳嗎？妳都說不嫁了，如果我再逼妳學不是正中妳下懷？妳才能趁機把問題上升到一定的高度，然後就可以不用去見他們了。」

紀思璿被揭穿後惱羞成怒，「喬裕，我真的很討厭你！」

喬裕笑著去抱她，吻了吻她的額角，「好了，他們都是很好相處的人，妳也很好，他們會喜歡妳的，不要怕。」

紀思璿自知喬家是去定了，只能積極應戰，去喬家前回了趟家。在書房裡，來來回回摸了半天，然後探出頭來問：「媽，我爸這幾幅畫，哪幅比較值錢？」

沈太后一臉淡定地在窗前畫畫，極給面子地賞了她一個眼神，「妳想幹什麼？」

紀思璿挑來挑去，不知道選哪幅比較好，老實回答：「拿去給喬裕他外公和他爸。」

「……」沈太后雖一臉嫌棄加不屑，卻還是抬手指了兩下，紀思璿隨即歡天喜地地包了起來。

後來紀思璿去見喬家長輩時，用喬裕教的方法為樂准泡茶，見慣風雨的樂准愣在當場，紀思璿遞茶給他，他卻一直神情恍惚，沒有接。喬裕的母親是樂准的獨女，已經好多年沒有人這樣泡茶給他了。喬裕這一招的高明之處在於攻的不是茶藝，而是人心。

「外公？」喬裕輕聲開口叫他，示意他去接茶，「嘗嘗。」

樂准喝完之後沒表態，只是叫喬裕去書房。

爺孫倆一站一立，樂准率先發問：「水洗白毫，是你教她的吧？你母親的手法，看來你是真的看重她。」

喬裕緩緩開口：「我從未忤逆過您和父親，可這世上唯獨她我不能妥協。我從未後悔過放棄夢想走上這條路，我唯一後悔的是當年放棄了她。我一直以為當年對她放手是為了她好，但後來那麼多的日日夜夜裡，我後悔了。意有所至而愛有所亡，這麼簡單的道理，我為什麼當時不明白？」

樂准看著他，忽然笑起來，「你是真的長大了啊。」

樂准和喬裕去了書房，樂老夫人去廚房準備飯菜，喬樂曦出去接電話，於是客廳裡只剩下喬柏遠、紀思璿，還有喬樂曦的一雙兒女。這對龍鳳胎小小的年紀便知道看臉，一左一右地坐在紀思璿身邊，歪著頭朝她笑。紀思璿卻一臉苦大仇深地垂眸靜坐，坐在對面的喬父一臉嚴肅，看上去格外有喜感。

紀思璿因為樂准的反應格外鬱悶，而喬柏遠呢，倒是想安慰一下這個漂亮的女孩子，卻不知道該如何開口，只能保持沉默。喬樂曦接完電話進來就看到這麼一幅畫風詭異的情景，她糾結半晌，走上前去攬著喬柏遠的手臂撒嬌，「爸，我喜歡這個姊姊，能不能留她在家裡吃飯？」

喬柏遠點頭，順著這個話題安慰紀思璿，「留下來一起吃飯吧。沒什麼的，喬裕他外公在部隊裡待久了，所以看上去嚴肅了點，其實很疼晚輩的，以後妳就知道了。」

喬樂曦癟癟嘴，外公嚴肅，你也不差啊。

從喬家出來時，天已經全黑了，紀思璿有些擔憂地問喬裕：「怎麼樣啊？」

喬裕笑著點了一下頭，很是滿意。

紀思璿看著他，「你怎麼知道啊？他們什麼也沒說啊。」

喬裕牽著她往車邊走，「因為爸爸留妳下來吃了晚餐啊，晚餐之後外公上的茶是月團，月團就是團圓祥和的意思啊。」

紀思璿看著喬裕笑意滿滿的臉，懸著的一顆心終於放下了。

這件事辦完了，紀思璿便又全心全意投入到建築師考試之中，考完之後開始招兵買馬，成立事務所。

只是紀思璿沒有想到，她招聘到的除了各路建築師之外，竟然招來了個合夥人。

韋忻神清氣爽地出現在她面前，那枚耳釘依舊閃亮亮的。紀思璿和徐秉君偶爾還會用郵件聯絡，從他那裡知道她辭職後沒多久，韋忻也走人了，貌似還轉了行。

韋忻前前後後地打量著她的辦公室，然後極豪氣地遞出一張卡。

紀思璿看都不看，「對不起，本人已名花有主，禁止拍打餵食。」

韋忻無語，「我要入夥！」

紀思璿笑著調侃他，「怎麼，打算重操舊業？」

韋忻聽了一愣，皺著眉想了半天才問：「舊業是誰？」

「那是個成語！」

紀思璿無語，為什麼每一個學外語的人總是能最快、最準確地掌握髒字的用法呢？

那一年的年末，事務所終於掛牌，取名玄之又玄。作為合夥人，韋忻對此很有意見，沒事就站在牌子前抱怨，「為什麼沒有我的名字呢？」

◇

沈太后正式以岳母的身分約見喬裕時，喬裕異常緊張。

從小到大，他和女性長輩的接觸少之又少，完全不知道該準備什麼禮物，最後只能求助於樂老夫人。說完來意之後，喬裕微微低著頭，竟然紅了臉。

樂老夫人笑得清淡，可眼底卻是對晚輩濃濃的關懷，看著喬裕許久才開口：「我的外孫這麼好，不會有人不喜歡。」

——你不用說太多，臉紅的一瞬間便足以說明你有多愛她。這個時代，人們可以因為很多看似合理的原因在一起，但是如果是因為愛情，一定要珍惜。

喬裕有了樂老夫人的指點，挑選的禮物似乎很合沈繁星的心意，只是她開口時，卻是笑著說起了紀思璿小時候的事情。

「她上國中時，有一次我被她班導叫到學校去，聽她班導描述：教育局來聽示範教學課，快結束時問班上的學生，某位老師講課怎麼樣？她站起來回答，原話是『楊老師教得很好，每次他上課的時候，我前後左右的同學課本頁數都不一樣，可是他們都聽得懂老師在講什麼。』那次示範教學課很重要，據說那個老師因為她的這句話被停課調查了。」

喬裕聽了一笑，這確實像是紀思璿的風格。

沈繁星也跟著一笑，「回來以後，我讓她去跟學校解釋清楚，但她就是不肯去，因為她的一句話，毀了別人的事業這種事是我和她父親不能容忍的，我還差點打了她。」

她的倔強喬裕深有體會，會心一笑。

沈繁星卻忽然收斂起表情，眉宇間帶著凝重，「過了很久，我再去參加家長會時，才從她同學那裡知道，那個老師經常在課堂間以老師關心學生的名義……摸她的手，但她從來沒跟我說過。好在那個老師後來被調查出很多問題，被學校開除了。可是這些，她從來沒跟我說過，她是怕我和她父親擔心，她聰明，可以自己解決很多事情。填錯志願，出國留學，女孩子長得太漂亮會被同性孤立排擠，這些她從來不會跟我說。然而，她卻會對我說，媽媽，那個叫喬裕的男人對我很好很好。我不知道她口中的很好很好是有多好，喬裕，你告訴我，那是有多好？」

喬裕忽然有些不知所措，忽然想要去見她。

紀思璿在辦公室裡改了一下午的圖，抬起頭揉脖子時才看到他站在門口，不知道他站在那裡多久了，只是這麼愣愣地看著她。紀思璿笑起來，繼續低頭收尾，「剛才老紀打電話給我，說沈太后召見你，怎麼樣，沈太后有沒有為難你？」

等了半天也沒聽到回答，紀思璿再抬起頭時，喬裕已經走到她面前，神色有些奇怪。她有些好笑地開口：「真的被欺負了？我跟你說啊，對付沈太后，你不能……」

下一秒，紀思璿便感覺到唇上一熱，她眨眨眼睛。被強吻了？

後來紀思璿追問喬裕，沈太后到底跟他說了什麼。

喬裕卻隻字不提往事，「沈太后說妳一直是放養的，是個野丫頭。」

紀思璿皺眉，「那你怎麼回她的？」

「我說，」喬裕抬頭看著她，眼睛裡是紀思璿從未見過的深邃溫情，「從今天開始她是家養的了。」

某日，喬裕應邀去紀家吃飯，說是去吃飯，其實是自己買菜然後去做飯。他正在廚房做最後一道湯時，紀墨進來了。

喬裕笑著開口：「馬上就可以開飯了。」

紀墨搖搖頭，往外探頭看了一眼，發現沈繁星和紀思璿沒注意這邊才悄悄開口：「小夥子啊，你報個價吧。」

喬裕一愣，想了想，大概是在說喜餅錢，他笑了，「您說。」

紀墨忽然皺起眉，一臉為難地猶豫半晌，終於下定決心拿出一張卡遞給喬裕，「這是我所有的私房錢了，你別嫌少，選個日子儘快帶她走吧。」

喬裕看著遞到眼前的提款卡，不知道是該接還是不該接。紀思璿啊，妳到底有多讓妳父母煩惱啊？

◇

紀思璿和韋忻在工作上一向默契無間，搶生意搶到各路同行發脾氣。某日紀思璿去參加投標，心情很是複雜。

作為建築師，投標時會遇到各種熟人，最尷尬的就是遇到以前的老師和妳競標，而妳以前的同學坐在評審席上。

最最尷尬的是遇到以前的老師和妳競標，妳以前的同學坐在評審席上，而妳卻中標了。

最最最尷尬的是遇到以前的老師和妳競標，妳以前的同學坐在評審席上，妳卻中標了，而評審席上的那個同學曾經追妳追不到。

紀思璿打了個呵欠，覺得這頓飯還是早吃早散的好。她作為大贏家，自然成為各設計事務所圍攻的對象。

「璿皇，喝啤酒還白的？」

紀思璿也沒推諉，「喝白的。」

立刻有人豎起大拇指，「璿皇爽快啊。」

紀思璿抬手叫服務生：「來罐椰子汁。」

包廂裡立刻安靜下來。

紀思璿放下手，朝服務生開口：「開玩笑的，不要椰子汁了。」

眾人樂了，「哈哈，璿皇真幽默，喝多少度的？」

紀思璿一本正經地回答：「七八十度的就行。」

「呃……」眾人又傻了。

這下紀思璿不幹了，皺著眉問：「椰子汁不能喝，連白開水也不給嗎？現在請客吃飯都這麼摳嗎？」

眾人完全跟不上紀思璿的節奏，碰了一鼻子灰之後終於老實了。

所謂飯局，吃飯從來都不是重點，紀思璿吃飽之後看著一群人互相勸酒，覺得實在沒意思，便低頭和喬裕傳簡訊。喬裕問她還有多久結束，他來接她。

紀思璿抬起頭輕咳一聲問：「我還有事，能不能先走了？」

眾人當然不肯，全票反對：「當然不行！」

紀思璿如實回饋給喬裕。喬裕回了個「知道了」之後便沒了動靜。

十幾分鐘後，包廂的門被輕聲敲開，喬裕站在門前微笑著看著眾人。一群人紛紛扔了酒杯，圍上去打招呼。

「哎喲，喬部長也在啊。」

「這麼巧啊，喬部長。」

喬裕邊往裡面走，邊笑著打招呼：「不用這麼客氣，大家都坐吧。」

「喬部長坐我這裡吧！」

「坐我這裡坐我這裡！」

「我就坐這裡吧。」喬裕順勢坐到紀思璿旁邊，開口解釋，「過來接個人，誰知沒結束對方不放人，我就坐一會兒，等一下。」

立刻有人跳出來拍馬屁。

「什麼人啊？還要喬部長親自來接。」

「喬部長都來接了還不放人，太不給面子了！」

「就是就是！」

「既然你們這麼說的話……」喬裕轉頭看向紀思璿，「那我們走吧？」

紀思璿忍著笑看了半天的戲，早憋不住了，「好啊。」

眾人看著十指相扣的兩個人並肩走出包廂，愣在當場。

「什麼情況？」

「不知道啊……」

「喬裕和紀思璿，沒聽說啊？」

「我們是不是得罪喬部長了？」

「喂，老張，你是不是還欠了紀思璿的設計尾款？」

第二天一早，紀思璿久追無果的設計費已經入帳。

幾天之後，喬裕接紀思璿下班時就察覺到她不高興，他趁著紀思璿去洗手間時，悄悄問她的助手。助手搖搖頭，「不知道啊，今天去了一趟事務所，回來就不太高興，午飯都沒吃。」

喬裕點點頭，沒說什麼。

紀思璿從上車就不發一語，等紅燈時喬裕轉頭看了她一眼，「怎麼了，臉色這麼難看？」

「你知道每年建築協會要評的那個建築獎吧？」

「知道啊，今年不是還沒公布結果嗎？」

「前兩年說我資歷不夠沒有參加資格，今年終於夠了。可是今天我去協會送審繪圖紙，聽說那個獎項已經內定了，不是親媽生的就是受欺負！」紀思璿憤憤不平地碎碎念，說完瞟了喬裕一眼，恨恨地開口，「腐敗！」

喬裕苦笑，「跟我有什麼關係？」

紀思璿徹底爆炸，「怎麼沒關係？一丘之貉！同流合汙！」

喬裕寬慰她，「只是聽說而已，說不定是謠傳。」

紀思璿卻不再說話。喬裕一手握著方向盤，一手去握她的手，摩挲著她的掌心，「好了，不是午餐都沒吃嗎？帶妳去吃晚餐。」

當著紀思璿的面，喬裕沒說什麼，第二天便出現在建築協會會長夏正平的辦公室裡。

他難得假公濟私，和夏正平寒暄半天，開口問：「能不能把這次獲獎名單拿給我看一下呢？」

喬裕為了避嫌，自從和紀思璿在一起之後便不再插手建築，可會長也不敢怠慢，很快讓人列印了一份送過來。

喬裕假模假樣地從第一頁開始看，卻都是一掃而過，看到第三頁時，忽然皺眉，「這個獎項……」

夏正平開口解釋：「喔，這是光華實業的老總親自打的招呼，是趙家的大少爺，現在在市裡的事務所幫李老打雜。」

喬裕沒接話，指著提名裡的一個名字，「其實我覺得……紀思璿不錯，之前看到的投票結果她都排在第一個。」

「是沒錯，論才華和實力，紀思璿當之無愧，可論背景，那就差得太多了。」

夏正平才說完，就發現不知什麼時候一向溫和的喬部臉色有些難看，尹和暢看到喬裕隱隱有發飆的跡象，竟然有些莫名的興奮。

喬裕抿起唇角，下巴的線條堅毅鋒利，臉上是尹和暢從未見過的沉鬱和決然。可很快，喬裕又雲淡風輕地笑著開口：「原來還需要背景啊……」

胖胖的中年男人不好意思地呵呵笑了兩聲，「您懂的……」

喬裕闔上資料夾，站起來，「好吧，那就先這樣吧。我拿回去慢慢看，就先走了。」尹和暢傻眼，這樣就結束了？夏正平把喬裕送到門口時，喬裕忽然轉身，臉上還掛著淺笑，「對了，夏會長，我有女朋友了。」

夏正平不知道喬裕為什麼忽然跟他說這個，愣了一下笑著恭喜，「恭喜喬部長啊。」

喬裕似乎心情很好，「你不想知道是誰嗎？你認識的。」

夏正平一頭霧水，「我認識的，是誰啊？」

喬裕捏著資料夾，指著一個名字給他看：「就是她。」

夏正平摸出老花眼鏡戴上，仔細看過去，然後僵住。

喬裕把資料夾闔上，遞給夏正平，依舊笑得如沐春風，「不知道我是她的背景夠不夠？」

夏正平點頭如搗蒜，「夠夠夠！」

到了頒獎典禮的當天，紀思璿已經調整好心情，接受了內定這樣的結果。可當主持人站在臺上宣布那個獎項時，她還是有所期待的。紀思璿目不轉睛地盯著臺上，坐在一旁的喬裕忽然轉頭看她。

紀思璿不明所以，回望過去。喬裕無聲地開口：「是妳。」

「什麼？」紀思璿一頭霧水，下一秒便在喬裕的笑容中聽到了自己的名字。

主持人熱情地恭喜著她，請她上臺領獎。紀思璿傻了，愣愣地看著喬裕。

喬裕笑著提醒她：「上臺領獎啊。」

紀思璿很快回神，走上臺去。喬裕坐在下面看著，燈光下，她光彩照人、神色悠然地發表獲獎感言。紀思璿說到最後一句時忽然看向他，喬裕心中無限滿足。

◇

又是一年畢業季，喬裕又收到邀請回母校演講，氣氛依舊很熱烈。到了回答問題的階段時，主持人念著手裡收集來的紙條：「這個問題是問，學長大學時有沒有翹過課？」

喬裕搖搖頭，「沒有。」

下面一群年輕的學生立刻大笑著起鬨，「好無趣喔。」

喬裕一笑，「我本來就是個很無聊的人。」

下面有男生大聲喊：「那作弊呢？肯定也沒有吧！」

喬裕認真想了想，「這個還真的有，幫別人做過。」

主持人也是一臉興奮，「快講講！」

喬裕看了一眼坐在臺下第一排的幾位學校長官，猶豫了一下，「在這裡講這個，不太好吧……」

臺下立刻是誇張的抱怨聲。一位教過喬裕的教授忍不住也跟著起鬨，「講講講，學校不會處理你的！」

喬裕看了眼坐在角落裡的紀思璿，淺淺笑著，「當時是轉系考試，我是監考……」

紀思璿和他對視了一眼，也跟著笑起來，是，他是幫她作過弊。當時她坐在座位上，看著一本正經的他就忍不住想要調戲，很快便舉手問：「學長，請問第九題是不是出錯了？」

喬裕完全無法預料這個古靈精怪的小丫頭的劇本，她似乎隨時隨地都能扔出一顆炸彈來。所有人抬頭看著他，他低頭從講臺上抽了張考卷，看了幾秒鐘又看看她，「沒有錯。」

她站在教室的後半部，俏生生地繼續問：「選項C，沒錯？」

喬裕沉吟半晌，似乎掙扎了許久終於開口：「沒錯。」

「好的，謝謝學長。」紀思璿眉飛色舞地坐下，在答案卡上第九題的空白處寫上了C。

其實紀思璿會那一題，那次的考試對她而言很簡單，她就是想調戲那個一本正經監考的人，想知道他會不會因為她而放棄自己的原則。

紀思璿回過神來，就看到喬裕一臉無奈地笑著，「她知道這題的答案是C的。」

「喔！」

「那個時候，我真的以為她是不會。後來我才知道，她是故意假裝不會的……」

「是個女生吧？」

「她是想追你吧！」

「學長後來有沒有被追到？」

「有。」

「學長，你不覺得談戀愛很浪費時間嗎？」

「時間啊，人都是她的了，時間算什麼，浪費就浪費吧。」

「學長對一手畢業證書，一手結婚證書怎麼看？」

「結婚這種事情只要時機成熟了，什麼時候都可以，畢業的時候也不是不行。當年我就打算在一個女孩畢業的時候向她求婚。」

「後來呢後來呢？」

「後來出了點事情就沒有求成。」

「好遺憾。」

喬裕微笑著看向紀思璿，「不會啊，好在後來求成了。」

「喬學長做過最浪漫的事情是什麼？」

「她睡不著的時候，我念書給她聽。」

「念什麼書？」

「《思想概論》。」

「……」

「別人對你做過的最浪漫的事呢？」

「我睡不著的時候，她念書給我聽。」

「也是《思想概論》？」

「不是，是《建築史》。」

「……」

主持人忍不住吐槽，「學長的世界我們果然不懂。」

「聽說學建築的和學醫的男生手很靈巧，喬學長能不能現場表演給我們看？」

喬裕想了想：「我找個同學上來幫我一下吧。」

「那位同學，能不能麻煩妳一下？」

紀思璿站起來，「學長好。」

喬裕扶了一下她的肩，「妳不要動。」然後很快蹲在她面前，解開她的鞋帶，又解開自己的，動作極快地開始打外科結。

坐在前排的幾個學生看得仔細，「學長你是有預謀的吧！」

「學長你是不是看上人家了？」

「防火防盜防學長！」

「我們學校什麼時候有這麼漂亮的女生啊，我怎麼不知道！」

「哈哈哈哈……」

喬裕打了幾個結之後，站起來牽著紀思璿的手介紹：「這位是我夫人。」

「啊啊……」

台下尖叫聲不斷。

訪談結束之後，喬裕牽著紀思璿的手在校園裡逛到天黑才回去。

◇

喬裕休年假時，準備帶著紀思璿回老家看看，之前紀思璿一直不知道喬裕的老家竟然在南方。臨出發的前一天晚上，喬裕從衣帽間翻出行李箱，擦乾淨之後囑咐紀思璿：「小朋友去床上躺著自己玩一下，有什麼要帶的就跟我說。」

紀思璿躺在床上抱著被子來來回回打了幾個滾，想起要帶什麼便大聲喊喬裕。喬裕在臥室和衣帽間進進出出幾次之後，終於大致收拾好了，便拖著行李箱去臥室慢慢整理。

紀思璿趴在床邊看了一會兒，忽然開口：「我忽然想做你妹妹了，可以和你一起長大，叫你一聲二哥，你就屁顛屁顛地跑來看我，多好！」

喬裕正在疊她的睡衣，有些無言地抬眸看她，「我可從來沒幫我妹妹做過作業，也從來沒幫她作過弊。」

紀思璿一臉認真地權衡半晌，終於下定決心，「那我還是不要做你妹妹好了。」

喬裕忍俊不住，小聲嘀咕：「說得好像妳想做就能做一樣……」

半天沒有動靜，他再抬頭看過去時，她已經抱著被子睡著了。

喬裕帶紀思璿在這座南方的城市待了幾天，南方氣候濕潤，倒也宜人，玩了幾天之後便打算離開。臨走那天的清晨，他站在喬家祠堂中央，拿著毛筆在紅紙上寫了幾個字，然後簪花掛在祠堂前的高樹上。

紀思璿站在一旁看了半天，一臉好奇地問：「這是在幹什麼？」

喬裕擦了擦手走過來解釋：「喬家的習俗。族裡男性婚後生下男孩，就要用這種方式告訴祖先。」

紀思璿摸著絲毫不明顯的小腹，「可是還不知道是男孩還是女孩啊。」

喬裕牽著她的手往外走，轉頭溫柔地看著她，「男女都一樣。」

從祠堂出來，青石小路古樸幽靜，喬裕走了幾步才發現紀思璿沒有跟上來。他停下來，輕聲叫了她一聲，然後向後伸出手。她笑嘻嘻地跟上來，從青石板上跑過，步履輕盈，綻放出大片的絢爛，空靈靜致，很快牽上他的手。

她站在陽光裡對他莞爾一笑，極盡妖嬈。

然後喬裕明白，他這輩子算是完整了。

喬裕微微垂眸看著她，彎起唇角，「真好，妳還是當初的模樣。」真好，妳還是當初的模樣，沒有因為生活的變故和我的放棄而沉默寡歡，還是當初那個明媚、朝氣、勇往直前的紀思璿。

紀思璿忽然開口：「喬裕，我忽然覺得我好虧啊。當年是我先追你的，連求婚都是我先開的口。」

喬裕睨她一眼，「妳說這番話沒有昧著良心嗎？二維碼沒看到？」

紀思璿理虧卻一臉任性，「我不管，反正是我先喜歡上你的！」

喬裕在春風中唇角微揚，笑得胸有成竹，眉眼間不乏俊逸溫情，「好啊，那我們就來比比看，到底是誰先喜歡上的誰吧？」

當年夏日裡的畫中人，清亮明眸，笑靨生花，妳怎麼會比我早。

初識鍾情，終於白首。眉眼如初，歲月如故。

番外　唯有喬木可相思

那年年末，某APP搶紅包非常風靡。過年前的最後一次聚會，喬裕拉著紀思璿進門，就被一群小孩子圍攻。一個個粉雕玉琢的小孩子舉著手機圍著喬裕叫：「二叔二叔！發紅包！」

國民二叔立刻變身財神爺，笑著拿出手機點了幾下，「準備好了沒有，開始搶了？」

紀思璿偷偷摸摸地摸出手機，也去群組裡搶，點了幾下之後便黑了臉。喬裕探頭看過來，「搶到多少？」

她細細的眉毛皺成一團，「一塊錢！」

喬裕想笑又不敢笑，輕咳一聲，「還不錯。」

紀思璿睨他一眼，「再發！」

喬裕無語，「我專門包一個發給妳，不好嗎？」

紀思璿和她自己槓上了，「不要！我自己搶！」

喬裕立即執行，且重複了數次。結果那天喬裕發了近五位數的紅包，樂壞一群小朋友，可大朋友紀思璿卻連三位數都沒搶到，坐在角落的沙發裡生悶氣。

喬裕靠在沙發靠背上，手臂輕輕搭在她的肩上虛摟著她調侃道：「喬夫人啊，妳不只傾國傾城，還讓人傾家蕩產啊！」

紀思璿仰頭瞪他，燈光下，他眉目如畫，經過時間的洗禮愈加清逸風雅，風度與氣度早已修煉滿級。簡簡單單的一件白襯衫被他穿出不一樣的味道，此刻他刻意壓低的聲音裡帶著笑意，眉眼間溫柔得一塌糊塗。紀思璿忽然間覺得自己這輩子搶到了最大紅包——喬裕。

◇

新年第一天的午後，兩個人窩在喬裕的房間裡曬著太陽看書。喬裕坐在窗前的地毯上一臉認真，紀思璿新奇地在房間裡轉了幾圈之後，便枕在他的腿上瞇著眼睛曬太陽，還霸道地把他的一隻手攬在懷裡不放。喬裕低頭看她一臉悠閒愜意，輕聲笑了一下。

或許是陽光太刺目，她拿了本書蓋在臉上，聲音從紙張中間傳出來，「你以前念書的時候，是不是就像我這樣躺在這裡看書？」

喬裕把書本移開一點看她，然後笑起來，「怎麼可能，像妳這樣，兩分鐘就睡著了。」

書本遮擋住她大半張臉，只露出她微微彎起的唇角，「你上大學之前是什麼樣子的？」

喬裕回憶著，「不就是那個樣子，還能是什麼樣子。」

紀思璿頓了一下，「我們早點認識就好了，那我就可以看看你小時候的樣子。」

說完，她拿下書，本來還想再說什麼，卻忽然指著書櫃的一角，興奮地叫：「那本是不是相簿？我要看！」

喬裕起身去拿，遞給她，紀思璿興致盎然地一張一張去翻，時不時一臉驚喜地拉著他問東問西。

「國中畢業照啊？別說，我找找哪個是你。」

「找吧。」

「找到了！這個！」

「嗯，是這個。」

「你國中的時候有沒有喜歡的女孩子？」

「沒有。」

「那有沒有喜歡的男孩子？」

「……」

「哈哈，開玩笑的，不要生氣嘛……」

「……」

喬裕一臉寵溺地看著她眉飛色舞地胡鬧，心情大好。

那年夏天，風遇見雲，花遇見樹，螢火蟲遇見星光，而我遇見妳。不早不晚，時間剛剛好，我已成長到足夠好，才能和妳共白首。

初春的週末清晨，窗外的陽光透過窗簾間的縫隙照進來。紀思璿慢慢醒過來，摸了摸身側，喬裕不在，她披了件睡衣坐起來。此刻喬裕正在書房對著電腦開視訊會議，門突然被推開，一人一貓探出兩顆腦袋，喬裕豎起食指放在嘴邊，做了個噤聲的動作。

紀思璿笑著點點頭，跟在大喵身後躡手躡腳走過來，避開鏡頭，學著大喵的模樣蹲在喬裕腳邊，仰著頭笑嘻嘻地看他。

不知道有沒有人注意到，鏡頭裡的喬裕眼睛忽然亮了一下，唇角微微彎起，臉部線條瞬間柔軟下來，那一刻的他眉清目朗，柔情四溢。

喬裕很快意識到不妥，立即垂下眼簾，狀似去看文件，卻伸手去握紀思璿的手，拉她靠在他腿上。會議本就冗長無趣，紀思璿聽了一會兒便有點不老實，手貼在他的大腿根處，撫摸著他的皮膚，不安分地到處游走。

喬裕渾身一僵，一低頭想要阻止，卻又呼吸一滯。她的睡衣鬆鬆垮垮地套在身上，而他居高臨下，一垂眸便能看到她春光乍泄。他本就不知道該把眼睛放哪裡，她還偏偏使壞般低下頭去磨蹭他，熱氣有意無意地噴在他身上，像是在他心裡點燃了一把火。

玩火的某人還埋在他腿間抬頭朝他一笑，一雙濕漉漉的眼睛一眨也不眨地盯著他瞧，媚眼如絲，滿是誘惑。

喬裕的呼吸早就亂得一塌糊塗，在失態的邊緣遊走著，他忽然鉗制住她的手，抬頭對著電腦，強忍著喘息一本正經地開口：「我這邊網路不太好，會議先到這裡吧。」

說完，他一腳踢掉電腦插頭，猛地使勁把紀思璿抱到桌上。

眾人迷茫不解：怎麼喬部長每次參加視訊會議都會出問題呢？

喬裕剛準備動作就看到大喵站在一旁，目不轉睛地盯著他們。他一臉尷尬，「那個……你能不能先出去一下？」紀思璿聽到後，捂著臉笑出聲來。

大喵不知道聽懂了沒有，面無表情地邁著貓步，昂首闊步地離開了。

他將寬大辦公桌上的文件一掃而落，把她壓倒在桌上狠狠地吻下去，很快兩個人唇舌糾纏、氣喘吁吁地亂成一團。她的腿不知道什麼時候繞到他的腰間，整個人纏在他身上輕輕磨蹭，她的後背抵在堅硬的桌面上，呻吟著出聲：「喬裕……」

喬裕抵在她頸間輕喘，聽到這話已經瘋了，哪肯放過她。

這樣一個女人，啞著聲音媚得滴水，在你身下軟軟地求你，即便她要的是你的命，你都會毫不猶豫地給她吧？

又是一年風輕日暖，窗前的紗簾隨風輕飄，室外春深似海，室內帳暖香深，如隨憶所說，喬裕和紀思璿會一直一直在一起。

—全文完—

高寶書版集團
gobooks.com.tw

YH 041
只想和你好好的（下）

作　　者　東奔西顧
特約編輯　米　宇
助理編輯　陳凱筠
封面設計　鄭婷之
內頁排版　賴姵均
企　　劃　方慧娟

發 行 人　朱凱蕾
出　　版　英屬維京群島商高寶國際有限公司台灣分公司
　　　　　Global Group Holdings, Ltd.
地　　址　台北市內湖區洲子街88號3樓
網　　址　gobooks.com.tw
電　　話　(02) 27992788
電　　郵　readers@gobooks.com.tw（讀者服務部）
傳　　真　出版部(02) 27990909　行銷部 (02) 27993088
郵政劃撥　19394552
戶　　名　英屬維京群島商高寶國際有限公司台灣分公司
發　　行　英屬維京群島商高寶國際有限公司台灣分公司
初　　版　2021年6月

國家圖書館出版品預行編目(CIP)資料

只想和你好好的 / 東奔西顧著. -- 初版. -- 臺北市
: 英屬維京群島商高寶國際有限公司臺灣分公司,
2021.06
　面；　公分. --

ISBN 978-986-506-149-4（上冊：平裝）. --
ISBN 978-986-506-150-0（下冊：平裝）. --
ISBN 978-986-506-151-7（全套：平裝）

857.7　　　　110007954